Philippe Sollers

Portraits de femmes

Gallimard

Philippe Sollers est né à Bordeaux. Il fonde, en 1960, la revue et la collection « Tel quel » ; puis, en 1983, la revue et la collection « L'Infini ». Il a notamment publié les romans et les essais suivants : *Paradis, Femmes, Portrait du Joueur, La Fête à Venise, Le Secret, La Guerre du Goût, Le Cavalier du Louvre, Casanova l'admirable, Studio, Passion fixe, Éloge de l'infini, Mystérieux Mozart, L'Étoile des amants, Dictionnaire amoureux de Venise, Une vie divine, Guerres secrètes, Un vrai roman - Mémoires, Les Voyageurs du Temps, Discours Parfait, Trésor d'Amour, L'Éclaircie, Fugues, Portraits de femmes* et *Médium.*

Pour Stanzi

« Amour ne tourmente que ces gens-là qui prétendent lui rogner les ailes ou l'enchaîner quand il lui a plu de venir voler à eux. Comme c'est un enfant, et plein de caprices, il leur arrache les yeux, le foie et le cœur. Mais ceux qui accueillent sa venue avec allégresse, et qui le flattent et le laissent s'envoler quand il lui plaît, et quand il revient l'acceptent volontiers, ceux-là sont toujours certains de ses faveurs et de ses caresses, et de triompher sous son empire. »

NICOLAS MACHIAVEL
Lettre du 10 juin 1514

On ne naît pas homme, on le devient, la plupart du temps à ses dépens. C'est un long chemin dangereux qui, le plus souvent, ne mène nulle part. On vous montre des directions, on vous les impose, c'est fou ce que le mot « homme » engendre comme bruit de valeurs. Il faut ceci, il faut cela, tenez-vous droit et marchez au pas, tu seras un homme, mon fils, comme moi j'ai été fils pour pouvoir commander des fils. Tables de la loi, catéchisme en bois, formules toutes faites, la plus sinistre étant un mannequin en képi, devant un cercueil décoré, faisant état de sa tristesse, mais aussi de sa « fierté » à l'égard d'un soldat « qui n'est pas mort pour rien, les armes à la main ».

Tableaux d'honneur, champs d'honneur, monuments aux morts, mémorials, sacrifices, bénédictions, exemples à suivre, « le vrai tombeau des morts est le cœur des vivants », transmissions, initiations, commémorations, cendres. La voie est tracée, il faut se courber, faire du sport, de la gymnastique, se pencher sur des livres, et encore des livres, que vous n'avez pas plus envie de lire que de courir à n'en plus finir. Quand tout un système s'effondre, comme aujourd'hui, ce fameux homme n'est plus qu'un délinquant précoce, un terroriste cinglé, un trader scotché jour et nuit à son ordinateur. S'il n'a pas déjà divorcé deux ou trois fois, il rentre chez lui, subit la mauvaise humeur de sa femme, les demandes tapageuses et absurdes de ses enfants, les voix hallucinées de la télévision, l'affairement autour du Net, la société, quoi, qui vit chez lui comme chez elle. Il essaye de dormir un peu, la tête pleine de chiffres ou de chèques à faire. Il a un travail, celui-là, encore heureux, il n'est pas chômeur, sans-papiers, ou sans domicile fixe. Il peut même faire partie d'une minorité influente, et croire peser (mais si peu !) dans les décisions du marché. C'est l'homme, enfin, ou ce qu'il en reste, dans la mondialisation en cours. De plus en plus de femmes se reconnaîtront d'ailleurs dans ce portrait rapide.

Supposons un réfractaire de naissance. Très tôt, il va être conscient d'un trucage massif. Sa famille est un montage hasardeux, son pays une fable, l'école une prison de futurs cadavres, l'armée une comédie pénible, la religion, quelle qu'elle soit, un opium de mauvaise qualité. Ce qu'il entend augmente ses doutes, la publicité incessante lui donne la nausée, les massacres organisés achèvent de l'édifier sur le règne d'une stupidité profonde. Plus on lui demande de faire l'homme, plus il a envie de faire le contraire. L'église homosexuelle essaye de l'approcher, mais non, rien à faire, les ensembles, même latéraux, ne sont pas pour lui. S'occupera-t-il d'argent ? Non. De politique ? Non plus. De la foire aux images ? Pas davantage, sauf, peut-être, comme moyen de survie au pays des fous et des folles. Il n'est donc pas « humaniste », cet homme ? Comme l'a dit quelqu'un, il n'aura pas la stupidité de se déclarer antihumaniste. Il est donc athée ? Eh non, le rôle est ingrat, et réclame des convictions. Mais alors, Dieu, la foi, la vérité, l'avenir de l'humanité, la science ? La science, pourquoi pas, les mathématiques passant en premier.

Cet enfant, pourtant, promis à sa carrière d'« homme », a vite repéré une fissure dans ce beau programme mortel. Quelque chose lui fait signe dans un angle du faux décor. Cet angle a un nom : *femmes.* Il note de plus en plus que, même si elles disent le contraire (avec, parfois, un fanatisme d'homme), *elles n'y croient pas.* Écoutez, c'est un secret, n'allez pas le crier sur les toits. N'attendez pas qu'elles approuvent le moins du monde votre découverte. Servez-vous-en si vous en êtes capable, en restant un enfant, mais n'avouez jamais. Vous voyez que la reine est nue, mais silence. Vous êtes sur un terrain explosif, fantastique, au cœur de la comédie humaine et divine. Retenez-vous, cachez-vous, mettez les masques qu'il faut, vous approcherez peu à peu du but : savoir ce qui se trame vraiment sous l'étiquette immémoriale « homme ».

Vous avez une mère, des sœurs, des tantes : commencez par elles, en les entraînant de votre côté. Vous évitez tout conflit avec les pères, les frères ou les oncles, vous évitez de même les affrontements avec les éducateurs ou les professeurs. Vous n'aurez pas à écrire un jour l'enfance d'un chef, mais celle d'un déserteur. En un mot, vous n'êtes pas *recrutable.* Apprenez à discerner vos alliées et vos ennemies dans le continent féminin. N'oubliez pas : elles sont *doubles,* les ennemies peuvent, à l'improviste, devenir des alliées (et même les meilleures), les alliées peuvent se transformer en ennemies (les pires). Scrutez, écoutez, devinez. Cette mégère veut être apprivoisée, cette dévote vous regarde avec un drôle d'air, cette mélancolique s'éclaire en vous rencontrant, cette femme savante adore les frivolités, cette précieuse ridicule est perdue pour vous à jamais. Vous avez un grand maître pour jouer sur le théâtre du monde : Molière. L'amour est médecin, vous serez médecin dans cette région agitée et sombre. Des femmes-médecins vous aideront. Commencez tout de suite : vous êtes le garçon imprévu, rêveur, dissipé, renfermé, exubérant, « terrible », énigmatique. Aucune punition ne vous fait peur. Ils vont dans le mur, vous sautez par-dessus le mur. La vie est courte, vous décidez d'en avoir plusieurs.

Ma mère est la plus jeune de trois sœurs. Je lui dois beaucoup, en positif comme en négatif. Positif : beauté, désinvolture, rires fréquents, autonomie, et, surtout, deux yeux de différentes couleurs, le droit très brun, l'autre plus clair, doré, insondable. J'ai passé beaucoup de temps à fixer ses yeux, et à me demander si elle avait conscience d'être deux en une. Personne ne semblait remarquer que cette chouette pouvait être simultanément un bon ou un mauvais œil. Ajoutez à cela une peau de soie, très mangeable, et vous avez le côté ensoleillé du tableau.

Négatif : autoritarisme, espionnage en douce, crises de colère fréquentes. Par chance, elle aime le confort, donc la tranquillité, donc son canapé avec sa belle lampe jaune, dans lequel (non, ce n'est pas possible !) *elle lit.* Elle ne fait pas semblant, elle lit vraiment. Se rappelle-t-elle ce qu'elle lit ? C'est moins sûr, elle n'est pas programmée pour ça, mais pour s'entourer d'elle-même à travers les mots. Enfant, je n'ai aucune idée de ce « Proust » dont elle fait grand cas. Est-ce un modèle d'homme ? Peu probable.

Cela dit, maman est souvent malade, et moi aussi. Vous comprenez pourquoi, c'est un dialogue. Heureusement, je suis son dernier enfant, un garçon après deux filles, *enfin*. Elle a 30 ans quand je nais, c'est une bourgeoise décalée, éclairée, aimant peu Bordeaux malgré l'art d'y vivre, elle est née à Paris (tiens, la voilà petite fille, très chic, debout sur une table, dans le parc de Vincennes). Avec elle, au moins, c'est clair : les « hommes » n'ont aucune importance, ils sont nécessaires, utiles, ennuyeux, payeurs, lourds. Pas de dépression, pourtant, aucune mélancolie affichée, une imagination fantasque, la vengeance par le rire. Une femme de beaucoup d'esprit, donc, « à la française », dons d'imitation décapants, causticité, cruauté. Maman, tu m'ennuies souvent, mais je t'adore. J'aime ton cou, ta gorge, ton nez, tes oreilles, tes yeux de fée ou de sorcière. Tu sens bon.

On s'aime, on se méfie l'un de l'autre, mais, sans toi, je ne serais pas sorti de mes maladies, j'aurais végété dans des hôpitaux militaires dont tu m'as tiré, par ton obstination, lors de la guerre d'Algérie, et la maison de l'île de Ré, rasée par les Allemands pendant la guerre, n'aurait probablement pas été reconstruite (elle gênait leurs batteries côtières). Je te revois là, vivante et jeune, pas du tout fantôme, assise près de l'eau sur le banc de bois blanc, sous le pin parasol. J'entends ta voix, disant plus tard à ma femme « Ma petite Julia ! » ou à mon fils, descendant du train à La Rochelle : « Mon trésor ! »

J'ai dû prendre, à la fin, la décision d'interrompre ta vie. Je te téléphonais deux fois par jour, j'ai tenu ta main, en plein été, à Bordeaux, et j'ai senti ton cœur passer dans le mien. Dans une de nos dernières conversations, je n'ai rien trouvé de mieux à te dire que « Je te prends avec moi avec la pensée. » Tu m'as répondu : « C'est énorme. » Et puis, un matin, le téléphone a sonné dans le vide. J'ai demandé au médecin si tu étais partie sans souffrance. J'entends sa réponse, claire et terrible : « Sans souffrance apparente. » Un peu plus tôt, il m'avait dit : « Ne répondez jamais aux questions qu'on ne vous pose pas. » À l'une de mes sœurs (pas à moi), tu as murmuré : « C'est dur de mourir. » Depuis quelque temps tu répétais souvent : « Rien ne m'est plus, plus rien ne m'est. » Je protestais. Et toi : « Ce qui m'embête, c'est la peine que tu vas avoir. » Je l'ai eue. Je l'ai toujours.

J'ai remarqué, au cimetière, que, chez nous, on mourait au mois d'août. Quand tu as disparu, il y a longtemps qu'on était ruinés, maisons et jardins effacés, meubles sauvés de justesse. Tu ne regrettais rien, tu plaisantais. Après tout, tu avais fait de l'escrime très jeune, à cause de ton père, et tu avais conduit ta voiture très tôt et jusque très tard.

J'ai vécu ce charme discret de la bourgeoisie, qui a été emporté par le raz-de-marée du temps. Matins des femmes qui, une fois l'homme parti à son bureau, paressent pendant des heures, écoutent la radio, traînent en chemise de nuit ou en peignoir. Ces filles (mes sœurs) sont élevées pour ne jamais travailler, et ne travailleront jamais, sauf dans le mariage à enfants. C'est très condamnable, mais ça m'arrange, le désordre me plaît. On fait à peine attention à moi, preuve, à mes yeux, que je suis d'une espèce différente. Dans les jeux, je compte pour du beurre, et voilà.

Ce genre de paradis, pas du tout artificiel, a un prix mortel : le cancer. Premier cancer du sein pour ma mère (on l'opère), elle s'en tire, elle sera rejointe, beaucoup plus tard, par son explosion soudaine. Deuxième cancer, radical celui-là, pour sa sœur aînée, Laure. Quel personnage, celle-là.

Elle habite la maison symétrique d'à côté, deux frères ayant épousé deux sœurs (j'ai donc tout de suite deux pères et deux mères), tout cela rassemblé dans un grand jardin. Laure est, sans conteste, l'autorité du clan, détestée par la sœur des frères, restée célibataire, qui vit dans un autre coin du jardin, dans une « chartreuse » avec pigeonnier, le grand style, quoi. Elle s'appelle Maxie, c'est la plus mystérieuse.

Laure, c'est la beauté stricte, l'élégance et l'intelligence, la tragédie aussi, c'était fatal. Elle domine ma mère, c'est ma deuxième mère, angélique et sévère. Elles ont fait installer un téléphone d'une maison à l'autre, ce qui leur permet de s'appeler vingt fois par jour, pour un oui ou un non. Laure a un mari opaque et silencieux, alors que le mari de Marcelle (mon père) est timide et plutôt musical. Mais enfin, c'est entendu : Laure règne, et, bien qu'elle ait un fils plus âgé que moi (mon « parrain »), elle m'a repéré, elle sait que je ne marche pas droit, que je devine des choses, que je passe trop de temps dans les buissons et les arbres, bref que je prépare une évasion. Ça l'intéresse, elle me surveille l'air de rien, mais regard perçant.

J'ai compris qu'elle est malheureuse, Laure, qu'elle étouffe, s'ennuie, se transforme en forteresse imprenable. Elle a, dans sa chambre, un crucifix en ivoire, réputé, je ne sais pourquoi, « janséniste ». C'est bien la seule qui semble croire à sa religion. Oui, c'est ça, elle est de Port-Royal, elle méprise ces bourgeois matérialistes très peu catholiques, et ce clergé si indulgent et si compromis. Son écrivain n'est pas Proust (comme pour ma frivole de mère, qui lit aussi Colette), mais Dostoïevski. Elle m'embête avec ses silences de glace, mais, au fond, elle m'encourage. Pas de crucifix chez Marcelle (qui n'aime pas les curés), pas de Dieu chez Laure, qui s'en tient à la représentation de son propre martyre par l'exhibition de celui du pauvre Jésus-Christ.

Elle aime son petit Blaise Pascal (c'est moi) qui ne semble pas vouloir rentrer dans les ordres (pas mal) ni faire des affaires (très bien). Je suis peut-être révolté et impur, mais pur. Ce monde est poussière, mensonge, illusion, ordure, son mari, comme la plupart des maris, est un porc. Elle appelle la mort de toutes ses forces, elle est ravissante, la mort vient.

On est en août, le jardin éclate de fleurs. Elle rentre d'une séance de photos chez un professionnel de Bordeaux, *on fait des photos avant qu'elle meure.* Elle est très lasse, elle ne se plaint pas, elle a tout compris de leurs intentions. Elle se couche, elle ne se relèvera pas, je l'entends vaguement mourir depuis les escaliers, c'est la désolation de la désolation pour sa sœur plus jeune. Voilà une martyre qui donne raison au mot terrible de Picasso, « les femmes sont des machines à souffrir ». Ce Picasso est un criminel conscient, il a le droit de dire des choses de ce genre. Mais Laure *accuse,* elle ne se plaint pas. Elle les gifle de néant, je l'admire. En même temps, soyons francs : je suis débarrassé d'un témoin gênant.

Je rêve quelquefois d'elle. Elle apparaît toujours dans un halo bleu sombre, distante mais consolatrice. J'ai quand même réussi à la séduire du temps de mes maladies infantiles (asthme, otites à répétition). J'ai de la fièvre, et je prétends qu'une seule personne peut me soulager, elle. Je la demande, je la redemande, ma mère est jalouse (c'est aussi le but recherché). Laure vient, elle s'assoit au bord de mon lit, je lui tends mon bras droit comme pour une prise de sang, elle me caresse doucement la *saignée* du bras jusqu'au pouls. Elle prend ma fièvre sur elle, mon cœur de vampire bat pour elle. C'est délicieux, et ça me fait un bien fou. On se tait dans la pénombre, on ne se regarde pas, vous avez compris. Au bout de cinq ou six fois, elle ne vient plus, c'est trop clair. Voilà de l'érotisme torride, ou je ne connais pas la musique.

Après la mort de Laure, la sœur des frères triomphe, et maman va être marginalisée. Les hommes ne comprennent rien, c'est leur faiblesse, mais aussi leur force. Ils suivent le programme, fixé, semble-t-il, de toute éternité. On se marie, on fait des enfants, on travaille, on a ses petites manies, on paye, on joue la comédie. Les femmes, elles, s'ennuient.

Pauvre charmante Laure, si belle, si *pointue*, au pays des mirages. Pauvres femmes de tous les temps, d'ailleurs, obligées, sauf exception, de jouer dans ce mauvais film.

Maxie, mon autre tante, m'a repéré, elle aussi. Pas vraiment jolie, mais enveloppée, elle est tordue de refoulement, mais en même temps rumine de mauvaises pensées que je n'ai aucun mal à déchiffrer. Elle est intéressante et bizarre. Sans doute, elle est devenue ce qu'on appelle une « vieille fille » vouée au souvenir de son père mort, mais sa supposée dévotion et sa chasteté sont des golfes d'ombre. Elle m'invite souvent chez elle (c'est à cent mètres en traversant le jardin), sa chartreuse est froide, genre musée et odeur cirée. Elle a fait du piano, il est là, je pianote. Il faut dire que sa bibliothèque classique est impressionnante (mais elle ne lit rien). D'où viennent ces œuvres complètes et reliées de Fénelon, de Chateaubriand, de Hugo, du Tasse ? Pourquoi ces rangées de Jules Verne, et surtout ce dictionnaire Larousse, grand format, cuir rouge, que j'ai récupéré pour finir ? Mystère.

Maxie est bien avec le curé du lieu, elle l'invite une fois par semaine à prendre le thé sous les arbres. Elle a ses amies, des retraitées du corps, en train de devenir, plus vite qu'elle, de vieilles toupies. Elle n'est vraiment pas mal, oblique, sournoise, et la mort de Laure vient de la rajeunir d'un coup. Elle a l'air sérieux, mais regarde beaucoup en dessous. Elle tient peut-être, avec moi, sa vengeance contre ma mère. Elle sait comment m'exciter en tout bien tout honneur. Enfin, je ne rêve pas : ces promenades du soir dans le jardin, bras dessus, bras dessous, ce coude de mon bras droit, à travers son chemisier, contre son sein gauche… Il est bien là, ce sein, même si on feint de ne pas le sentir. Et son déshabillé de soie bleue après sa toilette ? Et sa salle de bains, qui en sait plus long qu'elle sur ses pensées furtives, non dites, inconfessables, juste un peu de feu aux joues, avec son regard noir, ravi de se retrouver en miroir ?

Non, je ne rêve pas, elle regarde le bas de mon pyjama, quand, pour une raison ou une autre, je viens dormir chez elle. On est seuls, chacun dans une chambre, mais ce bas de pyjama l'échauffe. Quelle grandiose hypocrite ! Elle voudrait savoir et elle ne veut surtout pas savoir. J'ai 13 ans, je suis mince et blond, très mignon, vous n'en doutez pas. Un soir, je suis dans mon lit, chez elle, avec un livre que je ne lis pas, elle est déjà couchée dans sa chambre bleue de vierge, et (non, je ne rêve pas !) au bout d'une heure (elle doit faire semblant de lire un truc, mais quoi ?), je l'entends dire de loin : « Tu ne veux pas venir lire dans mon lit avec moi ? » Imbécile, crétin triple nouille, il fallait y aller, et vite ! Je m'entends répondre piteusement « Je vais dormir. » Quel idiot, quel *lâche* !

Qu'est-ce qui se serait passé ? Mais rien, bien sûr, c'est-à-dire plein de choses dans ce rien. De la chaleur, des mots entrecoupés, du faux sommeil. L'aurais-je touchée ? Peut-être, rien que pour entendre « Non, non, il ne faut pas. » Me serais-je caressé en douce ? C'est plus que probable. Aurais-je fini par regagner mon lit ? Sans doute. Mais le lendemain, quel matin, quelle après-midi, quel soir ! Rien ne se serait vraiment passé, mais quel événement du passé !

Pas la peine d'insister : le groupe humain où je me trouve fonctionne à l'inceste, le suggère à chaque instant pour mieux l'interdire, mais avec une telle intensité qu'on n'entend que lui à chaque tournant. J'ai l'oreille qu'il faut pour cette révélation, tragique pour eux, féerique pour moi. Ici un peu de flûte enchantée, le reste est silence.

Silence, comme est silencieux ce couple de pigeons que j'observe, posé sur une branche d'acacia. Ils se bécotent sans arrêt, tantôt l'un, tantôt l'autre, c'est une idylle en plein ciel, un signal pour l'observateur. Ce dernier se souvient brusquement des fables qu'il apprenait par cœur dans son royaume :

« Amants, heureux amants, voulez-vous voyager,
Que ce soit aux rives prochaines,
Soyez-vous l'un à l'autre un monde toujours beau,
Toujours divers, toujours nouveau,
Tenez-vous lieu de tout, tenez pour rien le reste. »

La Fontaine, Molière, ce jeune garçon va se souvenir de ce rythme.

Eugenia (prononcez Éhourénia) arrive à Bordeaux, venant du Pays basque espagnol. Elle a 30 ans, j'en ai 15. C'est une très belle femme brune, chaleureuse, ironique, qui a déjà pas mal vécu, notamment dans la clandestinité, à cause de ses opinions politiques. Elle trouve chez nous une couverture de femme de ménage en attendant mieux. Eugénie, génie : coup de foudre pour moi, surprise pour elle. Elle est anarchiste, elle ne voit pas d'objection au passage à l'acte. Chaque fois que je lis un article parlant de « mon dépucelage par une bonne espagnole », ou, tout aussi vulgaire, d'« amours ancillaires », j'ai une petite nausée de fond, et je plains la personne qui a utilisé, une fois de plus, ce cliché grossier et réactionnaire.

On s'est aimés follement un peu partout : à Bordeaux, à Saint-Jean-de-Luz, à Saint-Sébastien, et, plus tard, à Paris. Peu de paroles (mais je parle couramment l'espagnol grâce à elle, et, surtout, son argot sexuel), beaucoup de gestes précis. On ne s'est pas fait prendre une seule fois, ce qui relève d'un professionnalisme inné. Souvent seuls, en plus, à la campagne, pendant l'été, comme sur ce perron, le soir, en silence, sous le grand marronnier voleur de moineaux, incessants frissons dans les feuilles.

Là, c'est Baudelaire, et son « vert paradis des amours enfantines » :

« Les courses, les chansons, les baisers, les bouquets,
Les violons vibrant derrière les collines,
Avec les brocs de vin, le soir, dans les bosquets. »

C'est-à-dire les cinq sens à la fois, *enfin*, en acte.

Pas de poésie sans femmes *spéciales*, pas de femmes spéciales sans poésie. Dans le même mouvement, musique et peinture. Oubliez des tonnes de romans coincés, oubliez Proust, la jalousie et la société dans son ensemble, oubliez Dostoïevski et ses possédés, oubliez aussi le côté morbide de Baudelaire. Mais quand ce dernier chante l'amour sensuel, *c'est ça*. On n'a pas fait mieux, et on ne fera jamais mieux.

« Des femmes dont l'œil par sa franchise étonne. »

« Bizarre déité, brune comme les nuits,
[...]
Sorcière au flanc d'ébène, enfant des noirs minuits. »

« Que les soleils sont beaux dans les chaudes soirées,
Que l'espace est profond, que le cœur est puissant. »

« Mère des souvenirs, maîtresse des maîtresses. »

« Et tout semblait lui servir de bordure. »

« Tu fais l'effet d'un beau vaisseau qui prend le large,
Chargé de toile, et va roulant,
Suivant un rythme doux, et paresseux, et lent. »

« Ta tête, ton geste, ton air,
Sont beaux comme un beau paysage,
Le rire joue en ton visage,
Comme un vent frais dans un ciel clair. »

Comment faire mieux, en effet, que *Le Vin des amants* et son « délire parallèle » ?

« Aujourd'hui l'espace est splendide !
Sans mors, sans éperon, sans bride,
Partons à cheval sur le vin,
Pour un ciel féerique et divin !
[…]
Mollement balancés sur l'aile
Du tourbillon intelligent,
Dans un délire parallèle,

Ma sœur, côte à côte nageant,
Nous fuirons sans repos ni trêves
Vers le paradis de mes rêves ! »

Vous avez bien lu « ma sœur ». « Mon enfant, ma sœur… »

Et voilà : cette jeune femme n'avait pas l'air d'une déesse, mais c'en était une, ouvrant pour moi la Nature à elle-même. En espagnol, on appelle ça le « *cante jondo* », le chant profond. Vous pouvez encore trouver de vieux enregistrements de *La Niña de los peines*, la fille aux peignes, des merveilles de flamenco. On a beaucoup écouté cette musique ensemble, Eugenia et moi, dans les quartiers populaires de Bordeaux, et, plus tard, dans un cabaret spécialisé de Paris, *Le Catalan.* Il fallait voir ces Andalouses danser :

« Tes nobles jambes, sous les volants qu'elles chassent,
Tourmentent les désirs obscurs et les agacent,
Comme deux sorcières qui font
Tourner un philtre noir dans un vase profond. »

Eugenia, le matin, poursuivie un peu partout dans les chambres (non, ne me dites pas que vous avez fait l'amour sur les lits de vos parents et de vos sœurs !), Eugenia l'après-midi, rendez-vous dans les greniers ou les caves, Eugenia la nuit, à pas de loup vers son lit. Déesse, fée, sorcière, peu importe. L'essentiel est le « tourbillon intelligent », le « délire parallèle ».

Je ne sais pas où elle est passée, mon Eugenia, quelque part en Argentine, d'après les dernières nouvelles que j'ai eues d'elle. Beaucoup de Basques, on le sait, finissent ainsi, en Amérique du Sud. J'ai connu d'autres femmes basques : elles sont courageuses, discrètes, fières, obstinées, tenaces, la langue qu'elles parlent vient d'on ne sait où, elle est saccadée et abrupte, leurs danses traditionnelles sont réglées par un rituel compliqué. Sous la violence, quelle douceur. De 15 à 20 ans, voilà mes *études.*

Ce que je veux dire est très simple : une femme est faite, ou non, pour vous confronter à la vérité physique, à son abîme, à son sillage, à ses éclosions. Le corps libre et antisocial d'Eugenia acceptait le mien. C'est rare. L'une veut vous *sortir*, vous faire voyager, une autre veut vous épouser, une troisième espère un enfant, une quatrième veut vous utiliser dans le marché d'animation culturelle, et je ne parle pas de toutes celles qui veulent absolument écrire, trois romans, dix recueils de poèmes, idéalisations, préciosités, romantisations. Celle-là, au contraire, a envie de moins s'ennuyer, aime la poésie vécue, les caresses, le repos, le sommeil, les fleurs, l'océan, les arbres. Les autres s'agitent, elle nage. En tant qu'« homme », vous avez gagné, si, en plus de l'autorité souple qu'elle vous reconnaît, vous la faites rire, et si vous devenez son frère, son partenaire de jeu, et, subrepticement, son enfant. Faites-vous aimer comme un enfant, espèce d'homme. De là, viennent, parfois, des liens indéfectibles.

Les amoureux partagent leur enfance, c'est-à-dire les désirs avant qu'ils soient des désirs. C'est pourquoi l'expression « coup de foudre » est si juste. Rien d'orageux, pourtant, éclair et tonnerre dans un ciel très bleu, éclair provenant du calme. J'ai assisté à ce phénomène, un jour, dans une île grecque. Ça n'a pas de nom, c'est inouï, vous pouvez mettre le nom divin sur l'éclair, mais vous l'effacez du même coup. Voici maintenant venir une femme qui a précisément écrit un livre qui s'appelle *Les Éclairs*.

Mon premier roman, *Une curieuse solitude*, est dédié à E S M, c'est-à-dire à Eugenia San Miguel. Que vient faire le plus grand des anges dans cette apparition féminine (et dans le surnom qu'elle garde pour moi : « l'ange ») ? C'était un ange, oui, un démon si l'on veut, mais ce qui me frappe le plus, maintenant, c'est sa gentillesse. Son sourire indulgent me poursuit.

Mon premier livre est un succès, une rencontre est aménagée par mon éditeur avec une femme dont j'ai à peine entendu parler, membre du « jury Femina », ce qui, à mes yeux, est le comble du ridicule. Stupeur : c'est Dominique, la plus belle femme que j'ai jamais rencontrée (photo), mélodieuse et rieuse. Coup de foudre immédiat de ma part. Elle vit à la campagne, dans les environs de Paris, elle a 45 ans, elle en paraît 35 (photo), j'en ai 22. Aucun doute : c'est une déesse à séduire.

Elle est née à Bruxelles, a été mariée deux fois (une fille), mais je comprends peu à peu que son ascendance est hollandaise et juive polonaise. Pas très grande, yeux très bleus, gorge généreuse, rire cascadant, *le rire*. Elle est encore en grand deuil d'un second mari, dessinateur et sculpteur, elle dessine elle-même très bien (elle voit mieux que moi la peinture). Avertissement : un de ses livres s'appelle *Artémis*, qui n'est pas une déesse tranquille. Elle aime les chiens, un chien-loup d'abord, un boxer ensuite. Sauvagerie ? Oui, en un sens, et on le démontrera tous les deux par une attitude antisociale constante.

J'insiste, elle se fait prier, et me voici, tout en gardant ma chambre d'étudiant, dans une grande maison entourée d'un parc, avec cette beauté, autre sorcière, autre fée, magie, enchantements, trains de rêves. Elle m'étonne beaucoup avec ses rêves (« c'est comme s'ils étaient écrits en direct, je les recopie »). Elle écrit chaque matin, pendant trois ou quatre heures. Son boxer, Caramel, est jaloux de moi.

Son histoire de Femina ne dure pas longtemps, elle est trop personnelle, trop indépendante. Elle critique les goûts vieillots et conventionnels de ses partenaires, un minable petit complot est organisé, elle est virée. Tant mieux, liberté totale. J'ai une voiture, je l'emmène à Bordeaux, on s'embrasse dans les garages des maisons qui n'ont pas encore été rasées après la faillite de mon industriel de père, elle couche dans le lit de l'une de mes sœurs.

Je l'emmène ensuite dans l'île, elle nage très bien, elle est toute bronzée, elle semble heureuse. Tout de suite un accord de fond : la musique. Silence, écriture, amour, lecture, écriture, musique. J'achète sans cesse des disques (discothèque en vinyles, trésor classique), musique. Elle voit mieux les tableaux de l'intérieur, elle écrit sur Breughel, Bosch, Van Dyck, Van Eyck, je connais mieux la musique. Cadeau contre cadeau : tu regardes le moindre détail de couleur, j'entends le dessous des notes. Là encore, clandestinité immédiate, évitement des clichés sociaux (femme plus âgée-jeune homme, *Chéri* de Colette, etc.). Comme je suis très en avance sur mon âge (merci Eugenia), je conduis vite et elle me suit.

Direction l'Espagne, suite dans les idées. On arrive dans le grand Barcelone d'autrefois, la ville qui ne dort pas, sauf, et encore, entre 5 h et 6 h du matin. L'hôtel s'appelle *L'Oriente*, sur la *Rambla de las flores*. Il est frais, couloirs blanchis à la chaux, le « Gaspacho » est excellent. Dominique découvre la « Sangria », et, le soir, au *Caracoles*, à côté de la Plaza Real, les *gambas a la plancha*. Le matin, on va parfois dans les environs, à Sitges, se baigner longtemps. Il fait très chaud, le sable brûle. La sieste est amoureuse, et plutôt agitée, si j'en crois le désordre des draps.

À cinq heures de l'après-midi, il y a corrida à la *Monumental*. Foule, le grand Dominguin officie, et, une autre fois, Ordóñez. Que les opposants aux courses de taureaux me pardonnent (ou pas), j'ai vu ces génies risquer leur vie. On rentre en marchant beaucoup, Dominique porte de petites robes légères, elle est très regardée, c'est normal. Ensuite, dîner, glaces, cigare pour moi, flux des passants et passantes, incessants, incessantes, jamais vu ça ailleurs.

Mais pas de blague, il faut écrire. On monte le matin à Montjuich, en haut de la ville, vue sur le port, jardin tropical, et là, chacun à une table, un peu loin l'un de l'autre, on écrit (surtout elle) pendant deux ou trois heures. Elle a son cahier, j'ai mes carnets. L'expression qu'elle répétera sans cesse, jour après jour, à Paris, à Venise, est « j'ai fait ma page ». Le mot *page* a une intensité sacrée. Stylo, encre bleue (je lui remplis son stylo), belle écriture ronde, pratiquement sans ratures, entrée du médium, corps bien droit, visage tourné de temps en temps vers les feuillages, ou, à Venise, vers l'eau de la Giudecca. Disons les choses : c'est elle qui m'a appris une discipline stricte, la traversée de la vie et des apparences au bout des mots. Sans elle, j'aurais certainement eu tendance à me disperser, et à attendre. Or la vérité n'attend pas, le papier est là.

Voici maintenant le bel appartement de Dominique, au cinquième étage, plein sud, dans le 7e arrondissement de Paris. Lumière « hollandaise », luxe dépouillé à la Vermeer, ordre, calme, beauté, fraîcheur de l'acajou, miroirs, loggia à l'étage, dont la fenêtre donne, au loin, sur les toits du musée d'Orsay. Retrait, travail, sommeil, rires, musique. Pas de temps à perdre avec qui que ce soit. Dîners en tête à tête, avec une bouteille de margaux, ou dans de petits restaurants, dans le dix-septième, pour ne rencontrer personne. Longues marches, les soirs d'été, au bord de la Seine. On a rendez-vous, pour la nuit, deux fois par semaine. Sinon, téléphone et passages en fin d'après-midi.

Je me revois, fin 1964, à Venise, achevant un livre, *Drame*, qui sera dédié « A D », c'est-à-dire à Dominique, mais aussi A D : *Anno Domini*. Venise incognito, pendant plus de 30 ans, printemps et automnes, c'est elle, encore elle, toujours elle. Je lui dédie aussi, plus clairement, un *Dictionnaire amoureux de Venise*, de la façon suivante : « À la Grande Petite Jolie Belle Beauté » (G P J B B). Dans ses livres (*Trente ans d'amour fou*, *Journal amoureux*, et les autres), elle m'appelle « Jim », clin d'œil à Joyce et à sa devise : « Le silence, l'exil, la ruse. »

Une fois Venise parcourue en tous sens, pendant 6 ou 7 ans, avec ses trésors d'églises, l'emploi du temps est invariable : réveil pour moi à 6 h (c'est devenu automatique), petit déjeuner dans la chambre aux trois fenêtres sur l'eau, autre café et journaux en bas, sur le ponton, écriture jusqu'à midi, elle dehors près de l'eau, moi en haut, volets entrebâillés. Déjeuner léger à *La Riviera*, du côté de la gare maritime, sieste jusqu'à 16 h.

Dominique va se promener avec un livre, elle a fait *sa page* le matin, moi je dois continuer mes lignes. Dîner à 20 h, après un passage rapide à l'église des Gesuati, deux cierges allumés en l'honneur du plafond de Tiepolo, *La Gloire de saint Dominique*. Nous sommes des saints un peu particuliers. Dîner, donc, sur les Zattere, friture de poissons et chianti, longue marche jusqu'à la Salute et retour, moment silencieux sur un banc rouge de la place San Agnese. Le clocher sonne, montée dans la chambre, sommeil.

Écrire, marcher, dormir, et encore écrire et encore dormir. Les soleils couchants, à Venise, ciel rouge, eau mercurielle, mâts flambants de lumière dorée, mouettes inlassables, passage des paquebots et des remorqueurs, sont indescriptibles. Monteverdi et Vivaldi en parlent très bien, c'est le *Gloria*, la gloire. C'était comme ça au commencement, et maintenant, et toujours, et dans les siècles des siècles, amen.

Ne nous dérangez pas, on est très forts, mais aussi très fragiles. Prendre tout Venise *pour soi* est une activité à plein temps, et la belle Dominique est une virtuose de la liberté calme du temps. Je la regarde, là, avec ses pendants d'oreille (elle en a une vingtaine, tous différents les uns des autres, *ça lui va*). D'où vient-elle ? Elle a quelque chose d'indonésien, comme si ses ancêtres hollandais étaient passés par Java, Sumatra, par là, mais l'énigme juive polonaise reste entière. Vous allez me dire que je n'aime que des étrangères, tiens, oui, c'est curieux. La poésie, avec les Françaises, ne va pas de soi, sauf exception. Encore Baudelaire, dont Dominique peut réciter des poèmes par cœur : « Tu fais l'effet d'un beau vaisseau qui prend le large… » « Entends la douce nuit qui marche… ». Voix ronde, diction parfaite (venant de sa mère, Esther, professeur dans cette dimension). Le rire, la voix, le corps qui s'enveloppe dans le rire et la voix, la marche accordée au partenaire (très important), les mots sans cesse en éveil (et pour cause), l'humour désinvolte et cruel, l'œil qui voit.

Jalousie ? Bien sûr, comme elles font toutes, mais pas pour mes embardées physiques (elle sait, depuis l'Espagne, qu'il y en a). Silence là-dessus de part et d'autre, antennes, en revanche, sur ce qui risquerait d'arriver *si*. Il y aura un *si*, qui, en plus de plusieurs vies parallèles mouvantes, m'obligera à une stabilité, d'ailleurs compliquée, de double vie.

La question consiste à ne pas inquiéter, alerter, blesser. Je n'ai jamais compris ce que signifiait la fidélité sexuelle, et je trouve lumineuse la distinction sartrienne entre amours nécessaires et amours contingentes. Dans les amours nécessaires, la fidélité de base est un roc intellectuel ou sensible. On n'abandonne rien, on ne renie rien, on est une mémoire devenue vivante, on se tait, on évacue la psychologie inutile. La Société, on le sait, veut des amours perturbées pour mieux contrôler ses membres. Tous les romans en vivent, malheur à celui ou à celle qui ne vend pas son trouble ou sa névrose. *Il faut du malheur*, veuillez vous conformer à cette injonction du marché. Les gens heureux n'ont pas d'histoire, ils se marient, se remarient, font beaucoup d'enfants, etc. Racontez-nous plutôt vos angoisses, vos embarras, vos échecs. N'espérez pas la moindre indulgence pour votre organisation quasi militaire de la vraie vie selon vous. Vision péniblement masculine, vous dira une opinion se croyant féminine. Vous voilà reclassé « homme », alors que vous n'en connaissez pas un comme vous.

Aucune importance : l'opinion (ou le milieu littéraire) est à mille lieues d'imaginer votre vie, à la fois dépensière et ascétique, une existence réglée comme celle d'un peintre ou d'un musicien. Même aveuglement sur la nature profonde de vos relations avec vos partenaires « nécessaires ». La police veut que le « nécessaire » soit fiché, et le « contingent » surveillé. Si vous n'allez pas chercher vous-même la Loi et la police, elles vous fichent la paix. Vous êtes la *lettre volée* elle-même, bien en évidence, celle que la police, qui la cherche là où elle n'est pas, ne voit pas. Céline a raison : « Les hommes torchent les lois, les femmes font l'opinion. » Si vous avez la chance de tomber sur une femme qui se fout de l'opinion, vous avez décroché un trésor. Des tensions, oui, quelques nuages, des crispations vite dissipées, rien de grave. Elle est de votre côté, pour le meilleur et pour le pire. Vous êtes son amant, son mari, son frère, son fils, son père, son enfant. Elle est *fière de vous*, ses raisons ne regardent qu'elle, et elles sont très bonnes.

Ce comportement antispectaculaire et anti-people, surtout lorsque l'un des protagonistes s'occupe, stratégiquement, du spectacle, énerve beaucoup les professionnels des apparences. Ils voudraient en savoir plus, annuler vos livres, vous entraîner dans leur bruit. En 2000, Bernard Pivot, dans une de ses émissions, a cru nous piéger, Dominique et moi, en nous invitant ensemble, elle pour *Journal amoureux*, moi pour *Passion fixe*. Il était très content de son petit scoop. Il y a eu un peu d'agitation autour, et puis c'est retombé, lisez les livres.

Dominique, sans aucun artifice, est restée très belle jusqu'à la fin de sa vie. Elle a continué, chaque jour, à écrire « sa page », et à tenir son journal. Cette discipline explique sa forme, rêves racontés compris. Lorsque nous étions séparés, on s'écrivait chaque jour, et ces lettres seront sans doute publiées, les siennes, avec le temps, étant de plus en plus inspirées et fermes. Je la revois sans cesse à Venise, où son ombre plane en pleine lumière heureuse. Je l'ai accompagnée jusqu'au bout de façon déchirante. Je vis sous sa protection de fée, et, si je lui demande de me faire signe, sa réponse est simple : écris, et je serai là. Et elle est là.

Dans un de ses plus beaux livres, *Les Éclairs*, elle dit ceci :

« Le jour de ma disparition ne pourra jamais être considéré comme une prise de la mort sur moi, mais comme une saisie de moi sur la mort. À ce moment-là, je serai tranquille, sachant avoir écarté tous les rideaux, longé tous les corridors, monté et descendu tous les escaliers, enfoncé toutes les portes, toutes les fenêtres, mangé à toutes les tables, dormi dans tous les lits, sur tous les prés, les sables, noirci tous les cahiers, sachant l'avoir aimé, lui, avant de découvrir la seule issue qui permette, enfin, le premier geste et le premier pas. »

Un autre de ses livres, tout aussi beau, s'appelle *La Voyageuse.*

Tout cela pour dire que les amoureux sont seuls au monde, puisqu'ils sont un monde à eux seuls. L'amour isolé et libéré, contrairement au côté grégaire de l'enfer, *lieu où l'on n'aime pas.* Magie quotidienne, donc, où le temps, grâce à l'autre, *surgit,* et ne passe pas. Dans un de ses cahiers, vers la fin, je trouve mon écriture, avec cette citation de Spinoza qu'elle m'avait demandé de lui recopier : « Nous sentons et nous expérimentons que nous sommes éternels. » Elle est soulignée trois fois.

J'ai prié le prêtre de Saint-Thomas-d'Aquin, à Paris, de répéter cette phrase lors de la bénédiction religieuse. Il a lu aussi, sur mon conseil, le prologue de l'Évangile de Jean : « Au commencement était le Verbe. » Je le récite, moi, intérieurement au présent : « Au commencement *est* le Verbe. »

Il y a un silence de l'amour, profond, complice, animal, musical. Le sourire de ravissement de Dominique, apparemment très absente, en écoutant Bach, par exemple. Dans les dernières semaines, elle parvenait encore à chanter avec moi l'air de Chérubin dans *Les Noces de Figaro*, tant de fois fredonné ensemble à Venise, en passant sous une glycine bleue du côté de San Trovaso :

> « *Mon cœur soupire*
> *La nuit, le jour,*
> *Qui peut me dire*
> *Si c'est d'amour…* »

À l'hôpital de l'Hôtel-Dieu, le son des cloches de Notre-Dame était pour elle un enchantement, et l'un de ses derniers plaisirs (« la Nature me manque ») aura été le vol des mouettes audessus de Paris.

Elle oubliait beaucoup de choses. Je l'entends me dire, de sa belle voix ronde : « Petit cœur qui se souvient de tout. » Je suis dans le couloir, je vais partir, elle est dans son lit médicalisé, elle dort, je reviens vers elle, je l'embrasse. Elle ouvre les yeux et me serre vivement la main : « Au revoir, petit chéri ! » Oui, c'est ça : tout un océan vivant de mémoire. « Au revoir, petit cœur ! » « Au revoir, petit chéri ! »

Puisque nous venons de côtoyer la maladie et la mort, je ne dirai jamais assez mon admiration pour les femmes de soins, pour leur générosité, leur simplicité, leur courage. Comment remercier toutes les infirmières noires et leur détachement, leur savoir-faire énergique et doux, leur gaieté ? Je dis « Mafily », par exemple, et je salue son imposante présence. Mais il y a aussi des femmes-médecins exceptionnelles, comme l'étonnante et charmante Monique H., qui a été longtemps près de Dominique, et, à travers d'innombrables dérangements, jusqu'à la fin. La médecine poussée à ce point est admirable, une des seules choses vraiment admirables dans un monde de bruit et de douleur. Merci encore, chère Monique, pour ce plant de cèdre libanais que vous m'avez offert, et qui va grandir, dans un jardin, pour de longues années après ma propre disparition. C'est le début de *L'Éclaircie*, cette histoire de cèdre, et vous y avez fait allusion de cette façon.

Quand je téléphonais le matin, pour prendre des nouvelles de Dominique, une des gardes présentes, Christine, par exemple (merci, merci), disait à haute voix en lui passant l'appareil : « Domi, c'est votre amoureux. » Un amoureux très singulier, et, décidément, très fidèle.

Domi, en musique, donne l'air suivant :

DO MI LA DO RÉ
LA SI FA SI LA MI.

Domi l'adorée, la si facile amie, s'est fait aimer dans des tas d'endroits sinistres, comme cette clinique du sombre 19e arrondissement. Une nuit, laissant là son déambulateur, elle a essayé de s'échapper, et on l'a retrouvée trois étages plus bas, au pied de l'escalier. Cela lui a valu une grande amitié avec une infirmière tchétchène, qui lui a téléphoné régulièrement pendant au moins trois mois. Des Africaines entrent dans sa chambre, elles sourient en me tendant un plateau-repas. Je reste là, un long moment, en silence. Le jour tombe, je baisse un peu le store, je diminue la climatisation. « Au revoir, petit chéri ! » C'est la nuit.

Maintenant, trois souvenirs en rafale.

Je suis enfermé dans l'hôpital Villemin, à Paris, pendant la guerre d'Algérie. J'essaye de me faire réformer (je n'y arriverai que trois mois plus tard, après un dur séjour dans des hôpitaux militaires de l'Est). Je retrouve Dominique dans le seul endroit désert, la chapelle. Elle dans son manteau d'astrakan, moi en pyjama bleu marine en toile écrue, on s'embrasse dans ce lieu hautement désaffecté, preuve que le Saint-Esprit existe. Même sensation plus qu'étrange dans le parc de Versailles, du côté du petit Trianon. J'ai perdu 20 kilos après une grève de la faim, je m'appuie sur une canne, Dominique me soutient, je suis enfin réformé (grâce à Malraux) pour « terrain schizoïde aigu », ce qui me permet d'entrevoir Marie-Antoinette avec ses moutons, dans l'ombre.

Une des dernières sorties joyeuses de Dominique a lieu pour la publication du *Larousse illustré* où son nom vient d'apparaître. On va chercher le volume ensemble (champagne). La notice qui la concerne gratifie son œuvre d'« une grande exigence formelle ». Elle est nettement plus chaleureuse que la mienne, je feins d'être jaloux, on rit.

L'événement le plus mystérieux : on est à Venise et un concert va être donné en hommage à Jean-Paul II. C'est peu après l'attentat, on imagine le déploiement de sécurité. On est en train de dîner, quand je dis à Dominique : « Allons au concert. — Mais on n'a pas d'invitation ! — On verra. » Elle est très élégante, comme toujours, alors que j'ai sur le dos une vieille veste Mao ramenée de Chine. Là, de nouveau, Saint-Esprit : on passe tous les barrages de l'armée et de la police, on est invisibles, on arrive sur le perron de *La Fenice*, un employé s'approche, et je lui demande de me laisser entrer « comme si Stendhal le lui demandait ». Ce Sésame invraisemblable opère, et il nous installe dans la loge impériale. Le concert est désastreux (une symphonie de Mahler), le pape, en bas, dans l'allée centrale, s'ennuie ferme, et tapote sa cuisse droite avec un éventail.

Ce récit est rigoureusement exact. J'aurais pu avoir un revolver sur moi (aucune vérification d'identité, aucune fouille), et abattre tranquillement Sa Sainteté depuis notre loge. À ce moment-là, ma veste Mao aurait probablement attiré l'attention des services de sécurité. Mais nous voici déjà, bras dessus, bras dessous, ni vus ni connus, sur les quais de Venise, et le nom de « Stendhal » résonne au loin comme un rire d'opéra.

J'ai dédié trois livres à trois femmes aussi différentes que possible, Eugenia, Dominique, et voici Julia. Son prénom est écrit en cyrillique au début de *Nombres*. Là encore, coup de foudre, ce qui signifie dans un très grand calme : ah, il va falloir beaucoup de temps pour ce cas.

Un corps apparaît avec son passé (il faut apprendre son passé comme une langue étrangère), mais aussi, parfois, d'où le côté « foudre », avec son futur. Dans ce futur certain, mais imprévisible, il y a vous. Vous étiez là ce jour-là, quelqu'un passe, vous êtes embarqué pour un voyage dont vous ne connaissez ni la destination ni les escales. Seule évidence : c'est du long cours, comme les grandes navigations d'autrefois.

Julia a 25 ans, je viens d'en avoir 30. Elle arrive de Sofia, en Bulgarie, avec une bourse d'étudiante. Elle est très belle (photo), brune aux yeux noirs, voix mélodieuse, français parfait. Elle vient m'interroger, dans le petit bureau de la revue *Tel Quel*, sur les mouvements d'avant-garde en littérature. Je m'attends à des connaissances minimales de sa part, à une écoute polie et mécanique (l'Université), mais pas du tout, elle me cite d'emblée les surréalistes, me demande ce que je pense des formalistes russes et des futuristes. Pas un mot de « communisme » ni de responsabilité sociale de l'écrivain. Il y en a pourtant une : le langage. On ne transforme pas la société si on ne change pas son langage. Vœu pieux, parfaitement idéaliste, puisque la société n'est là que pour méconnaître la façon dont elle parle (la preuve : aujourd'hui).

La littérature et l'art, seuls lieux de liberté par rapport à la société, surtout après les désastres totalitaires ? D'accord, d'accord. Mais il faut approfondir. Je l'invite à dîner, on va à *La Coupole*, la conversation se poursuit, on ne s'est plus quittés depuis.

Il lui est impossible de rentrer dans son pays d'origine. Son père est un croyant orthodoxe suspect, elle aurait voulu faire des études d'astrophysique, mais la littérature l'emporte, elle peut venir en France grâce à la politique de De Gaulle, lequel, par ailleurs, vient de reconnaître la Chine, via Malraux. Le « rideau de fer » est toujours là, le « mur de Berlin » aussi, ça n'en finira jamais, même si les craquements de l'Empire s'annoncent. J'étonne toujours quand je dis que mon « maoïsme » de jeunesse aura été une conséquence de la politique gaulliste, c'est pourtant vrai, l'ennemi principal ayant été l'ex-URSS, et les États-Unis, avant leur déroute asiatique, suivie de l'effacement du rêve Kennedy.

Enfin, bon, que faire ? On vit comme des étudiants, Julia tombe malade, je suis obligé de remuer ciel et terre pour lui obtenir une chambre à l'hôpital Cochin (son passeport est communiste), elle ne peut plus habiter des chambres chez l'habitant (ah, celle du quai Louis-Blériot !), il faut faire vite. Comme elle s'est fait remarquer par ses connaissances et son intelligence (séminaires divers, dont celui de Barthes, qui écrira sur elle un très beau texte, *L'Étrangère*), on lui propose des postes dans l'université américaine. Mais non, voyons, la France. Alors, avec les Français, ce sera la guerre ? Eh bien, la guerre.

On se marie donc discrètement à la mairie du 5e arrondissement. Deux témoins, et sa sœur, venue à Paris depuis le Conservatoire de Moscou (elle est violoniste). Pas d'alliances, fou rire mal retenu pendant le discours du maire, pas de photos. On va déjeuner à *La Bûcherie*, un de nos rendez-vous, à côté de la librairie *Shakespeare and Co°*, et là, hasard objectif surréaliste, on tombe sur Aragon en tête à tête avec Elsa Triolet. Après qu'il m'a couvert de fleurs pour mon premier livre, j'ai vu Aragon plusieurs fois, ou plutôt j'ai assisté, chez lui, à d'interminables lectures emphatiques, par lui-même, de ses poèmes. Je n'ai aucune sympathie pour Elsa Triolet, qui est venue une fois, dans le bureau d'Aragon, m'apporter un de ses livres, avec la dédicace suivante : « Pour Philippe Sollers, maternellement. » *Maternellement !* Au diable !

Aragon n'a aucune idée de la jeune femme qui m'accompagne, et qui est, depuis quelques minutes, ma femme. Le culte religieux communiste pour le couple Aragon-Elsa a été tel que l'équation : jeune écrivain français + femme venue de l'Est ne pouvait être causée et recomposée que sur ce modèle. On a donc entendu ce disque cent fois, soit comme proposition d'appropriation (communiste), soit comme condamnation (bourgeoise). Eh non, que voulez-vous, ce n'est pas du tout la même histoire. On vit une autre vie, un autre roman.

On s'est ainsi aimés, Julia et moi, à Paris, Saint-Sébastien, New York, Pékin, Shanghai, Washington, Londres, et surtout dans ma maison de l'île de Ré, dont elle est devenue, en l'embellissant, la reine. Ah, cet été brûlant de 1967 ! Comme ces jeunes mariés sont bizarres ! Ils n'arrêtent pas de se baigner, de jouer au tennis, de lire, d'écrire, de faire l'amour, de dormir. Qu'est-ce qu'ils lisent, y compris sur le sable ? Les philosophes (surtout Nietzsche) et, splendide découverte, les gros livres encyclopédiques de Joseph Needham, *Science and Civilisation in China.* La Chine ? Ah oui, la Chine. Julia fait une licence de chinois, j'en apprendrai un bout pendant deux ans, histoire de mieux comprendre Laozi, Zhuangzi. Il y a un drôle de type, là-bas, Mao, qui vient de mettre en scène une baignade ahurissante, suivi par des milliers de drapeaux rouges dans le Yangtsé. Un grand criminel ? Sans doute, sans doute, mais comme les Russes et les Américains ne sont pas contents, on verra.

On se lève tôt. Julia travaille beaucoup, je n'ai jamais vu quelqu'un travailler autant. Elle parle couramment l'anglais et le russe, est très forte en grec et en latin, presque pas d'accent en français, juste une touche de charme. Elle est drôle, passionnée, infatigable, nos discussions durent encore, et, comme elle est toujours aussi belle, c'est de la musique de pensée dans les fleurs. Elle peut s'illustrer en linguistique avec des innovations majeures, étonner Jakobson, Lévi-Strauss, Benveniste, Barthes, Lacan, devenir une psychanalyste reconnue et une universitaire internationale. C'est maintenant une star en Angleterre, aux États-Unis, au Japon, en Norvège (prix Holberg, l'équivalent du Nobel pour les sciences humaines). Il n'y a que les Français qui, logiques, décident le plus souvent de l'ignorer dans leurs pénibles palmarès récurrents des « intellectuels ».

Cette Byzantine agace et énerve les Hexagonaux. Ils et elles sont jaloux, et d'ailleurs comment peut-elle tolérer un mari aussi imprévisible qu'incontrôlable ? Ce Sollers a non seulement trahi sa classe mais sa patrie en n'épousant pas une Française. C'était un beau parti, il le paiera cher. Il y a tous les livres de Julia, mais l'un d'eux me touche particulièrement, un volume de vulgarisation très enlevé, *Le Langage, cet inconnu*, signé Julia Joyaux, et republié plus tard, en poche, sous le nom de Julia Kristeva. Elle s'appelle tantôt Julia Kristeva, tantôt Julia Joyaux, Madame Joyaux, femme de Philippe Joyaux, dit lui-même Philippe Sollers. Il n'y a pas de « Julia Sollers », comme il a fallu, un jour, le rappeler à Lacan, surpris d'avoir commis cette faute.

De temps en temps, une étudiante américaine vient sonner à la porte de mon studio, et me demande, avec distance et méfiance, si je suis « Monsieur Kristeva ». Quand j'habite chez Julia, à New York, je suis en effet « Monsieur Kristeva », ce qui ne me dérange pas, au contraire. Je profite de mon incognito d'écrivain français inconnu, ma littérature étant « *too French* » et absolument censurée par l'université puritaine américaine. Inutile de s'expliquer là-dessus, et d'ailleurs les différents appartements de Julia sont très agréables.

Julia s'amuse : elle écrit un très bon roman sur notre jeunesse agitée, *Les Samouraïs*, un polar épatant, *Meurtre à Byzance*, une grande biographie théâtrale et lyrique de sainte Thérèse d'Avila, et puis, côté sérieux, *Le Génie féminin*, trois volumes sur Hannah Arendt, Melanie Klein, Colette. Son plus beau livre est sans doute *Le Temps sensible*, sur Proust. Le plus audacieux : *La Révolution du langage poétique* (Lautréamont, Mallarmé). Céline apparaît dans *Pouvoirs de l'horreur*, et *Soleil noir, dépression et mélancolie* est un modèle d'analyse clinique. Tous ces volumes sont traduits un peu partout, et, récemment (bonjour le temps !), en chinois.

Dans ses cours et ses conférences, en français ou en anglais, Julia est claire, documentée, passionnée. Ses étudiants l'adorent, ses patients et ses patientes la respectent, tandis que le clergé psychanalytique et universitaire m'en veut beaucoup. Bien entendu, comme pour Dominique, les prétendants, parfois très connus, ont été multiples. Comme c'est curieux : je viens d'oublier leurs noms.

L'amour dure trois ans, dit-on, ou même moins, et c'est vérifiable quand il ne s'agit pas d'amour. En réalité, l'amour dure toujours, il faut simplement mieux définir ce *toujours*. D'une façon ou d'une autre, visible ou invisible, vous sacralisez quelqu'un dans son existence entière, sa respiration et sa mort. L'amour, s'il a lieu, est plus fort que la mort. Dans l'amour, quoi qu'il arrive, même aux confins de l'horreur ou de la démence, vous touchez du doigt la défaite de la mort.

C'est pourquoi chaque moment est important, et la durée sans temps mort. Vous êtes le peintre et le musicien de ces femmes, elles deviennent des personnages centraux de vos romans, elles peuvent prendre d'autres formes, d'autres figures, elles sont parfois rejointes par celles dont on ne peut pas dire le nom. Ce moment où l'une ou l'autre sort des vagues est unique, ce foulard est unique, ce fou rire aussi. La poudre du temps leur appartient. En peinture, c'est l'année où Picasso comprend que seul un violon « cubiste » peut représenter son grand amour, Eva. En musique, c'est Monteverdi qui les rassemble toutes pour une assomption fastueuse (la Vierge Marie, à Venise, en vaut dix mille). Dans les siècles des siècles, c'est maintenant, c'est toujours.

Mais c'est aussi bien Don Giovanni et son catalogue, où Mozart, pourtant très amoureux de sa petite Stanzi, vous révèle son éventail de passions possibles. Rien ne lui échappe dans les rues de Vienne ou de Prague, il note, il note, ce sont chaque fois des antidotes à la Reine de la Nuit. Les femmes sont des Muses, et si elles sont toxiques ou grotesques, elles n'en sont pas moins inspiratrices d'un aspect fondamental du réel. En voici une qui pleure, c'est beau. En voilà une autre qui rit ou qui dort, c'est encore plus beau. Tous ces accents, toutes ces couleurs sont à mettre en madrigaux, en quatuors, en tableaux. *Les Flûtes de Pan*, de Picasso, en sont une démonstration vivante. Une femme arrive, elle refait de lui un enfant curieux de ses sœurs, il pousse la démonstration jusqu'à l'absurde, dieu et le diable sont enfin unis, et d'ailleurs, dans cette nouvelle Grèce, il n'y a que des déesses plus ou moins favorables et des multitudes de dieux.

La merveilleuse et géniale Cecilia Bartoli a raison de dire que Mozart est le seul musicien à avoir saisi toutes les variations de la substance féminine, colère, effusion, drôlerie, dissimulation, sublime, charme vénéneux, souffrance, pseudo-innocence, défi, douceur. Elle-même rêve d'interpréter le rôle de Don Giovanni. C'est dans ses cordes. Qui ne l'a pas vue chanter n'a rien vu. J'ai eu la chance de la voir répéter et tenir la salle du Grand Théâtre de Bordeaux, après quoi, à la surprise générale, elle m'a fait dîner publiquement à sa droite. Dans la même salle, j'allais, à 12 ans, assister aux « matinées classiques », notamment aux *Fausses Confidences* de Marivaux. Bonjour le temps ! Grandiose Cecilia, d'une gaieté étourdissante, ressuscitant Vivaldi, bouleversant Haendel ou Mozart.

Julia, enceinte, était le jardin lui-même et tous les oiseaux à la fois. Je lui faisais écouter du Haydn, musicien cellulaire des fibres. Notre fils, David, aime beaucoup Haydn et Mozart (il connaît la vie de ce dernier par cœur, et a mis, comme indicatif de son portable, le début de la 40e Symphonie en sol mineur). Il a eu de grandes difficultés de santé, et, là encore, surprise de voir Julia dépenser toutes ses forces pour sa survie et l'amélioration de sa vie. Les femmes et les enfants, grand chapitre. Que vient faire un homme dans cette dimension ? J'ai trouvé : de la ponctuation.

David : un enfant courageux, fort, fragile, ultrasensible. Il sait qu'au fond je suis comme lui : très fragile. Il ne me dérange jamais, et si j'ai droit, de temps en temps, à « mon charmant papa », tout va. Que de terreurs on a vécues à cause de lui, surtout Julia, dans des hôpitaux où il était transporté de jour ou de nuit. J'ai gardé un cadeau de lui, puisque je fume trop : une boîte de *Ricola*, « Cassis sans sucres, avec édulcorants, bienfaisant, adoucissant, rafraîchissant, bonbons aux plantes, mélange de 13 plantes des montagnes suisses, don de la nature. » Ça vaut bien les dizaines ou les centaines d'avions ou de petites voitures que je lui ai offerts ici ou là, sans parler des trains électriques, puis, avec le temps, des ordinateurs de plus en plus perfectionnés (je ne sais pas m'en servir), et des portables (jamais assez).

Mais le plus important n'est pas là : il peut vous réciter impeccablement quatre ou cinq fables de La Fontaine, du Baudelaire non stop, ou bien *El Desdichado* de Nerval (« le prince d'Aquitaine à la tour abolie »), bref le cœur de sa langue natale :

« J'aime le jeu, l'amour, les livres, la musique,
La ville et la campagne, enfin tout, il n'est rien
Qui ne me soit souverain bien,
Jusqu'au sombre plaisir d'un cœur mélancolique. »

La Fontaine insiste beaucoup sur la relation entre « rien » et « tout » (« Tenez-vous lieu de tout, tenez pour rien le reste »). La double négation, dans « Il n'est rien qui ne me soit souverain bien », est une trouvaille fabuleuse, reprise par

Voltaire dans « Le Paradis terrestre est où je suis ». Cette vision du monde est en passe d'être de plus en plus interdite.

David apparaît, sous le nom de Jeff, dans *Le Secret* (sa mère, Julia, s'appelle Judith dans le même livre). Une chanson pour lui, enfant : *Le Temps des cerises.* Oui, il doit *revenir* ce temps révolutionnaire, comme doivent revenir sans fin les gais rossignols, le merle moqueur, et aussi les belles avec leur folie en tête. Je siffle assez bien. David me dit : « Parle aux oiseaux ! » Le plus drôle, c'est que j'y arrive. Même sa mère, incrédule et athée notoire, est obligée de le reconnaître pendant une minute, pas plus.

L'enfance est un royaume dont les femmes ont la clé. Elles l'égarent, on la retrouve, on revisite leur enfance avec elles, ça peut durer une nuit, trois jours, des années. Beaucoup d'entre elles ont été ravagées par leurs mères qui ont projeté sur elles leurs échecs, leur ressentiment, leur *androphobie* aggravée, transmise par leurs propres mères. Ou alors, ce sont des pères humiliés, mauvaise affaire, mais pas meilleure lorsqu'ils sont écrasants, intrusifs, séducteurs pénibles. C'est plombé.

Pourtant, il y a des minorités, dispersées un peu partout dans les foules. Ce sont elles qui appellent, parfois sans le savoir. L'appel est souriant, silencieux, réservé, oblique. C'est une proposition algébrique et géométrique, un appel d'air. Déchiffrez-moi, vous êtes peut-être la racine carrée de mon équation. Les mots ont tout de suite un autre sens, les ambiguïtés se propagent, la pudeur domine. C'est aujourd'hui, ou plus tard, ou jamais. Il y a beaucoup de jamais, c'était un moment quand même. C'est sans aucune insistance qu'on vous demande ou pas d'insister. Ou plutôt : on vous demande de demander sans rien demander. Débrouillez-vous, trouvez l'atmosphère. De toute façon, si quelque chose doit se passer, elles l'auront décidé elles-mêmes. Elles se racontent ce qu'elles veulent, mais elles ne cèdent qu'à elles-mêmes. « Tiens, je n'aurais jamais cru ça de moi, et pourtant c'est moi. »

Vous gardez vos femmes pivotales, vous laissez venir ce que le roman veut de vous. Impossible de le nier, il veut quelque chose. D'abord vous surprendre, vous réveiller dans un angle, vous rappeler votre précarité, votre nullité, votre néant toujours refoulé. Il faut répondre, pas forcément pour un bien, mais le mal fait partie du jeu, il informe. À partir de *Femmes*, livre plus « public », je décide de faire le tour de la question. J'ai mes notes de terrain, me voilà encyclopédiste, ou, du moins, chimiste. Je vais proposer mon classement des événements et des éléments. C'est le moment. L'exergue de Faulkner annonce la couleur : « Né mâle et célibataire dès son plus jeune âge. Possède sa propre machine à écrire, et sait s'en servir. »

Je lis le prière d'insérer de l'époque (1983) : « Accélération du temps, coulisses de la société…

tourbillon des rapports de forces, falsification incessante de l'information… décor en mutation, filmé à travers l'écran féminin qui, comme toujours, mais plus que jamais, dit la vérité comique ou tragique des passagers se croyant acteurs… irréalisation endiablée de tout… »

Bien vu il y a trente ans, ou pas ?

J'ai donc avec moi, à Venise, des carnets de bord tenus depuis plus de dix ans, scènes ou portraits multiples d'une époque de mutation très agitée. Le livre est très cru, et je m'étonne encore, en le relisant, d'avoir osé ces peintures. Les personnages féminins sont tantôt négatifs (montée d'un féminisme agressif), tantôt positifs (femmes indépendantes et libres). Je garde un souvenir ému d'une Anglaise, Cyd, dont le modèle, dans la vie, était irlandaise. Elle m'a beaucoup aidé à New York, quand je m'ennuyais là-bas, en butant sur l'incroyable névrose puritaine des Américaines. Une autre pensée particulière pour Ysia, la diplomate chinoise du roman, dont personne, comme c'est étrange, ne m'a jamais parlé. Le narrateur de ce livre voyage beaucoup, aux États-Unis, en Italie, en Israël, sans parler de ses activités à Paris, et c'est, chaque fois, l'occasion d'aventures acides ou heureuses.

Le livre a été un succès, mais, bizarrement, la critique s'est fixée sur les personnages masculins, assez reconnaissables, en passant complètement sous silence les héroïnes du récit, et elles sont nombreuses, souvent facilement identifiables. Qui se cache, ou plutôt se montre, dans ces militantes d'un nouveau pouvoir, Kate, Bernadette ? Qui est cette responsable politique que j'appelle Flora ? Ou cette écrivaine très folle, Elissa ? À qui correspond celle que j'appelle « La Présidente » ? Ce n'est pas à moi de donner les noms, d'autant plus que les « clés », dans un roman, sont toujours multiples, mais on trouvera difficilement, dans un livre de la fin du 20e siècle (et même du début du suivant), autant de renseignements, sur la transformation de la substance féminine, pour le pire ou pour le meilleur, à travers le temps.

Même question sur les changements des rapports entre les sexes. Ce n'est pas au journalisme de répondre, ni à la sociologie, ni à la décomposition philosophique, mais bien au roman. Le roman interroge ce que personne ne veut savoir concrètement. J'ouvre de gros romans ennuyeux anglo-saxons, vantés par une presse unanime, et je bute sur de vieilles histoires familiales sur fond de dépression historique. Quelque chose est *retombé*, on ne s'amuse plus, la gratuité s'est évaporée, sale temps pour la liberté.

Ne pas donner les noms, bien sûr, et rendre non identifiables les femmes qui prennent des risques dans leur vie sociale ou privée : souci éthique élémentaire. Si je dis que, dans *Portrait du Joueur,* la jeune femme avec qui je visite le CERN (bonjour les particules élémentaires !), et qui s'appelle Joan, a bel et bien existé, quelle importance ? Je la revois, ravissante et bizarre, en écrivant ces lignes (bonjour le boson !). Et quelle importance si, en pure perte, j'insiste sur le personnage scandaleux de Sophie, dans le même livre, en affirmant, ce que personne n'est prêt à accepter, que ses lettres pornographiques sont authentiques ? Même question pour *Le Cœur Absolu,* roman où les femmes affluent en tous sens, un vrai carnaval. N'empêche, Sophie est, de loin, le personnage le plus étonnant de tous mes livres.

Je dis donc tranquillement que l'expérience véridique d'un homme avec des femmes est peu souhaitée, réprouvée, déniée, et qu'il y a là, de plus en plus sensible, un tabou que le marché surveille. Pauvre Cyd, pauvre Ysia, pauvre Sophie, pauvre Louise avec son clavecin à Venise ! Pauvre Liv, pauvre Sigrid, pauvre Deborah ! Vous êtes là, pourtant, en toutes lettres, vous respirez clandestinement à Paris, Milan, Barcelone, New York. On a dû se tromper, vous êtes de purs fantasmes, je ne vous ai jamais touchées, on a rêvé.

On reverra tout ça plus tard, ou jamais. De nouvelles fêtes auront lieu un jour, avec de nouvelles actrices, de nouveaux acteurs. Pour l'instant, c'est la crise. Excellentes, les crises. Elles permettent d'apprécier les forces d'oubli, la vivacité de la mémoire, le grand futur du passé. J'ai confiance dans les prénoms suivants, tous décalés : Luz, dans *La Fête à Venise,* France, dans *Les Folies Françaises,* Dora et Clara, dans *Passion fixe,* Maud, dans *L'Étoile des amants,* Ludivine et Nelly, dans *Une vie divine,* Viva, dans *Les Voyageurs du Temps,* Minna, peut-être ma préférée, dans *Trésor d'Amour,* l'incroyable Lucie, dans *L'Éclaircie.* Je suis seul à les aimer ? Peut-être. Mais on a vu des tableaux s'affirmer avec le temps, on ne sait jamais.

Ce qui me paraît acquis, en revanche, c'est la précision de mon enquête. Femmes de tous les milieux, des plus populaires aux plus intellectuels ou « branchés », de tous les pays et de toutes les nationalités (Françaises, encore un effort !), plongées dans l'Histoire, la grande comme la petite, la violente comme la pacifique. La guerre des sexes est sans doute fatale et immémoriale, mais, que voulez-vous, il y a des pauses, des intervalles, des éclaircies. Mieux on fait la guerre, mieux on goûte la paix. La paix en pleine guerre, voilà le sujet.

Crise, mais surtout, sous des airs de libération, régression profonde. Jamais le 19e siècle n'a été à ce point ranimé. Madame Bovary est de retour, la plupart des romanciers sont sinistres, le désastre sexuel des classes moyennes est à l'ordre du jour, les meilleurs (Philip Roth, par exemple) ont baissé les bras ou se complaisent dans une impasse de désespoir. À les croire, c'est la fin du monde et de l'homme, l'apocalypse. La « littérature féminine » en rajoute dans la prison programmée. Vous nous énervez avec votre 18e siècle ! Il n'a jamais existé !

Et pourtant, moi aussi je suis peintre ! La peinture a disparu, mais je la reprends à travers les mots. Voyez toutes ces femmes dessinées en couleurs ! Ces Titien, ces Tiepolo, ces Watteau, ces Fragonard, ces Manet, ces Picasso ! Voyez l'intensité *poétique* de cette poissonnière ou de cette musicienne, de cette philosophe ou de cette pharmacienne, de cette gynécologue ou de cette tireuse d'élite, de cette boulangère de génie ou de cette cantatrice célèbre ! N'est-ce pas une *exposition* toute faite, à installer d'urgence à la Dogana de Venise, à la place des déchets de l'art contemporain ? Stupeur et succès garantis, je m'en charge.

Il n'en reste pas moins qu'un des personnages féminins les plus réussis de mes livres est, à mes yeux, celui de Reine dans *Le Lys d'or*, mon roman le plus éreinté par la critique (malgré ses paysages enchanteurs). C'est le récit d'un échec, suivi d'une réussite ambiguë. Le narrateur est amoureux, elle se refuse, signe avec lui un contrat où il doit lui raconter sa vie, elle ne censurera rien, elle achète. Il s'ensuit une description minutieuse de la frigidité féminine chez cette jeune aristocrate inflexible. On est dans le contraire exact de *L'Amant de Lady Chatterley*, cette mièvrerie naturiste. La frigidité n'est pas une limite physique, mais une passion spirituelle d'orgueil, une sorte de sainteté à l'envers. Là encore, un modèle a joué son rôle, avec plusieurs raccords d'expériences diverses sur ce continent peu exploré. Voilà le « continent noir » en pleine lumière. Cette dimension négative aura été décrite au moins une fois, après quoi le navigateur a hâte de reprendre la mer.

Paradoxalement, cette frustration engendre, dans le roman, les meilleurs passages « chinois » de paysages. Vases communicants : privation d'un côté, prolifération de beauté de l'autre. C'est aussi une sorte de psychanalyse à l'envers, puisque le patient (si on peut dire) est payé pour écrire, ce qui, au lieu de l'inhiber, l'encourage. Cette prude est un comble de perversité. Cette petite catholique noble piétine ses origines. Elle est progressiste, ultradémocrate, elle n'aime que les poétesses russes, elle serait aujourd'hui, sinon communiste authentique, du moins adepte du dalaï-lama. Tout, plutôt que son château en Touraine, son milieu social, ses portraits de famille, la France et son passé englouti et, bien entendu, la sexualité, cette souillure.

C'est une vierge intrépide, cuirassée, sublime, une Jeanne d'Arc de l'intérieur corporel. Elle lutte à mort contre l'admirable perversion catholique qu'elle ressent en elle tout au fond, ce vice si mal utilisé par les imbéciles prêtres catholiques pédophiles. Elle proteste de toutes ses forces, elle est protestante, dans le sens de l'Histoire, en somme. Elle donne une leçon sévère à ce curieux professeur de chinois, beaucoup trop taoïste. Elle le récuse, comme une religieuse qui serait, aujourd'hui, au Tibet. Elle aime ses chevaux, pas les hommes. Elle pourrait être lesbienne sans rien ressentir. Mais *cet homme-là*, elle prend plaisir (drôle de plaisir) à le détester.

La haine est plus ancienne que l'amour, et la *hainamoration* est intéressante et mal étudiée. Il fallait qu'un explorateur se dévoue dans les glaces. Inutile de dire que l'accueil réservé à cette expédition hautement scientifique a été glacial. Je n'ai pas revu le modèle de Reine dans l'existence, mais je suis sûr de partager avec elle un vrai secret. J'ai beaucoup pensé à Laclos pendant cette liaison dangereuse, mais une liaison sans danger n'est pas vraie. À un moment, Valmont écrit à Merteuil : « Je ne sais pas pourquoi, il n'y a plus que les choses bizarres qui me plaisent. » Aller jusqu'au bout de la guerre des sexes *en s'amusant* est un art. *Le Lys d'or* est le plus bizarre de mes romans, à cause de sa composition serrée et de son intrigue. C'est aussi un drôle de livre d'amour.

Sade, Laclos, Baudelaire, Balzac (*La Fille aux yeux d'or*), Stendhal, Proust, Bataille, Céline, voilà l'occasion de rappeler, une fois de plus, que, sans certains Français, on ne saurait pas grand-chose des forêts passionnelles. Proust, dans l'équation montée de la mémoire et des paysages, est incomparable. Plus il est jaloux d'Albertine, plus la nature lui parle. Le venin du soupçon est une drogue de parfums, de lumières, de sons. Bonjour tout de même, en passant, à Joyce et à Nabokov. Qu'un homme ait pu être Molly Bloom et Lolita est exceptionnel. Casanova a écrit en français, il a agi de même. Cette langue-là m'est tombée dessus, et c'est avec elle que je me déplace, de plus en plus seul, mais qui n'est pas seul dans son art ?

Je vois à l'instant, à la télévision, un vieil indigné humaniste en train de se faire remettre une écharpe blanche par le dalaï-lama, lequel clôture une manifestation sur le bonheur ayant attiré des foules. Le message de l'ancêtre est le suivant : il a atteint le bonheur, et il peut vérifier qu'il rayonne autour de lui. « Le bonheur est contagieux », dit-il, avec un grand sourire. Ce béat heureux se trompe. Le bonheur, s'il existe, est tellement rare qu'il est toujours jalousé à mort. Les innocents bouddhistes n'ont pas l'air de s'en rendre compte. Ne les réveillons pas.

Le bonheur, pour les peintres, a souvent été de trouver des collectionneurs avisés. Ils ne vendent rien, personne ne comprend leurs tableaux, et soudain surgissent des individus singuliers qui anticipent sur leur gloire future. Ils s'appellent Vollard, Ephrussi, Chtchoukine, Kahnweiler, Rosenberg. D'où leur vient ce don, ce flair, cette *avance* ? On ne sait pas trop, mais il doit y avoir une forte jouissance à posséder ce que personne ne voit sur le moment et verra (peut-être) plus tard. Le marché n'aime pas ces amateurs fortunés, et les a remplacés, depuis longtemps, par des hommes d'affaires à tout faire. Ceux-là n'ont pas une ou deux passions fixes, mais des dizaines, au gré de la rotation spéculative de la laideur. L'art officiel a toujours été *pompier* et soucieux des ventes. En littérature, pareil. Le dernier best-seller américain, croûte épaisse, le prouve.

J'ai donc eu, dans ma vie, des *collectionneuses*. C'est le sujet du *Lys d'or*, c'est aussi celui de *L'Éclaircie*. La collectionneuse ne confond pas le réel et le virtuel, le temps court et le temps long, un mari et un amant, un amant et un amour. Elle peut se tromper sur des maris, des amants, des amis, mais pas sur elle-même. Vollard *était* Cézanne, Ephrussi Manet, Kahnweiler Picasso. Ephrussi n'a pas eu son portrait, mais une botte d'asperges *plus une*. Les deux autres sont rentrés vivants dans la peinture de grand style, ce qui n'est pas rien.

Mes collectionneuses voulaient entrer dans des livres. Avec ou sans argent, c'est pareil, puisqu'ici tout ce qui compte vraiment est gratuit. Après tout, les modèles ont bien leurs idées sur leur vie posthume. Elles trouvent que leur corps vaut mieux que des robes, des bijoux, des fourrures, des photos, des films. C'est le contraire de l'impermanence bouddhiste. L'écrit, pour elles, garde sa fascination.

Elles peuvent d'ailleurs ignorer que vous êtes « écrivain », et n'en avoir rien à faire. Tout de même, elles sentent qu'elles n'ont presque jamais été observées et écoutées de cette façon. Vous les intéressez à elles-mêmes, mieux que les hommes, cela va de soi, mais mieux aussi que leurs meilleures amies ou copines. Vous êtes un vampire, tant mieux. Elles sont mariées et ont des enfants ? Et alors ? Elles ont des amants ? Et alors ? Vos atouts sont la gratuité, le détachement, l'ironie, l'athéisme sexuel radical. Comment, *vous n'y croyez pas* ? Allons, allons, une conversion est toujours possible.

Je parle ici de mes années avec « suffrage à vue » (merveilleuse expression de Casanova), qui ont duré au moins quarante ans (15 ans-55 ans). Le suffrage en question est souhaitable pour voyager et gagner du temps.

Désormais, sans aucune mélancolie, je me récite parfois ces vers de Rimbaud dans *Une saison en enfer* :

« Donc tu te dégages
Des humains suffrages,
Des communs élans !
Tu voles selon… »

Vivre encore, et encore, c'est apprendre à voler *selon*.

Eugenia s'appelle Concha dans *Une curieuse solitude*, et, très longtemps après, Maria dans *Studio*. Dominique, dans ce roman, devient Ingrid, et il y a beaucoup de Julia dans la Judith du *Secret*, mais aussi dans la Maud de *L'Étoile des amants*. Les personnages principaux ont donc des IRM, des Identités Rapprochées Multiples, comme les différents narrateurs. La vie romanesque les fait surgir ou ressurgir, selon les rencontres ou les précipités de mémoire.

Je ne m'attendais pas à l'apparition de Lucie dans *L'Éclaircie*, sous les traits de l'une de mes sœurs, Anne. Les mères, les filles, les tantes, les sœurs, les nièces ont chacune leurs couleurs : noir, blanc, rouge, bleu, vert, jaune, orange, grenat, violet, mauve. Les prénoms, comme les voyelles, sont des couleurs. J'ai déjà celui d'une femme d'un prochain roman, que je ne dirai pas avant de l'avoir fini, c'est magique.

L'amour libre est celui du « pouvoir aimant ». Une des clés de cette musique est la tendresse et son intimité. L'amitié amoureuse existe, elle est exceptionnelle, mais indestructible. Encore un don d'enfance, rare s'il y a eu un contact physique, encore plus rare si tout est resté en suspens. Le modèle en est Marion, dans *Studio*, une Anglaise qui travaillait dans les services secrets, comme Viva dans *Les Voyageurs du Temps*. Les femmes sont plus douées que les hommes pour le renseignement, la clandestinité, l'espionnage. Elles savent, de source sûre, que la vraie vie est cachée. Il vaut mieux les avoir pour amies dans cette dimension des choses.

Je conseille au débutant, avant d'atteindre une sérénité méritée, de commencer très tôt, et dans toutes les dimensions possibles. Il est déjà expérimenté sur son propre corps, l'autoérotisme n'a pas de secrets pour lui, il a beaucoup d'imagination, il la satisfait sans culpabilité notable. Il a 12 ou 13 ans, le « suffrage à vue », il vit dans un milieu privilégié, où les employées de maison, cuisinières et femmes de ménage, ont pour lui des attentions particulières. Il les observe, tourne autour, capte leur curiosité. Il a compris tout de suite que c'est à elles de faire des avances. Elles les font. Leur tempérament du Sud-Ouest s'y prête. Elles ont 30 ou 40 ans, ce sont des mères d'origine paysanne expertes, leurs caresses sont informées et précises, c'est le paradis sur terre.

Il y a Jacqueline, garçon réussi, avec qui je fais du vélo, Thérèse, aux seins magnifiques, Denise, au regard de feu, Louise, dans les garages, et enfin Eugenia, pour les expériences plus sérieuses, fondées sur la « première fois » (pénétration, possession). C'est le début, à 15 ans, des « grandes histoires » en style amoureux. Ce débutant-là, déjà passionné de lecture et de poésie, deviendra sans doute « écrivain », puisqu'il se raconte ses sensations et ses gestes.

La précocité a ses avantages, mais aussi ses inconvénients. Le débutant essaie quelques filles bourgeoises de son âge, mais elles ne savent rien faire, sauf de la mauvaise littérature sentimentale sur fond de trucage social, mariage et enfants futurs. C'est consternant. Une fois installé à Paris, le débutant veut des contacts concrets, rapides, expéditifs. Il a quelques moyens financiers, il va donc, en dehors de toute morale, utiliser la prostitution. Il a ses plans, il marche sans arrêt dans la ville, il sait où trouver ce qu'il lui faut, du côté de la gare Saint-Lazare ou de Montparnasse. Il noue quelques habitudes joyeuses rue de Provence, jette un coup d'œil, l'après-midi, sur la terrasse de *La Lorraine*, où des femmes mûres (les meilleures) attendent le client. Voilà tout un monde disparu, furtif, au signal, celui des hôtels de passe, comme l'inoubliable maison de rendez-vous de la rue Sainte-Beuve, donnant sur le boulevard Raspail.

On peut s'étonner de ce genre de dérive systématique, mais le débutant, à Paris, ne connaît personne et n'a aucune envie de s'agréger à un milieu social, quel qu'il soit. En somme, il poursuit ses études. Les femmes mûres sont un peu étonnées de lever un garçon si jeune. Bien entendu, en souvenir d'Eugenia, il demande souvent deux femmes à la fois, c'est possible, action, souplesse, amusement, géométrie dans l'espace. Autres études : quelques stages dans des endroits « échangistes », histoire de noter la dissimulation intéressée des femmes et la bestialité répugnante des hommes. Les prostituées, au moins, ne font pas semblant de jouir, elles sont honnêtes et même scrupuleuses. Parfois, cependant…

Vite fait, bien fait, savoir immémorial et populaire, avec Paris comme capitale incontestable, du moins dans cette époque lointaine. À part *La Lorraine*, les meilleurs coups se trouvent en terrasse de *La Coupole* ou du *Dôme*. Les hôtels complices sont rue Chaplain, et, le soir, on peut encore traîner dans des bars comme *Le Parc aux cerfs* (pas possible ? mais si, mais si !), *Adrien* (piano), *Elle et Lui*. Dans ce dernier lieu, merveilleusement mal famé, on peut se laisser séduire par des travestis, tous plus féminins les uns que les autres. Voilà l'université du débutant, qui n'accorde aucune importance à sa présence fantomatique dans des amphithéâtres sinistres. Il a ses diplômes de bordel, c'est bien suffisant.

Il connaît quand même des échecs. Il a beau boire et reboire, consommer et reconsommer, il n'arrivera pas à convaincre cette sublime entraîneuse, qui partira à la fermeture, vers trois heures du matin, avec un autre client plus âgé. Il se retrouve ivre et furieux sur un banc, du côté du Luxembourg. Il fréquente d'ailleurs beaucoup les parcs, le bois de Boulogne (rien à faire, trop industriel), le parc Monceau (rien à faire non plus, femmes rangées et enfants), mais, que voulez-vous, il a besoin de verdure, d'arbres, de fleurs.

Je viens de dire « Paris, capitale de la luxure », mais là, je suis injuste avec Barcelone, qui aura été un vrai paradis. Picasso, très jeune, a obtenu là ses diplômes, comme Manet les a brillamment raflés, jadis, à Paris. La rue Saint-Denis, convulsive, appartient pour toujours à Georges Bataille (*Madame Edwarda*). Les relations de Giacometti avec les prostituées de Montparnasse ne sont plus un secret pour personne. Henry Miller, explorateur intrépide, a découvert, à Pigalle, l'antipode de l'Amérique. On me dit que l'Amérique latine (notamment Cuba, à La Havane) est pleine de femmes sensibles et faciles. Si je me réfère à mon expérience espagnole, je le crois volontiers.

De temps en temps, je dois vérifier les écrits de jeunes gens aux grandes ambitions. Je lis entre les lignes la nature de leurs expériences sexuelles, mais je tombe le plus souvent sur des visas douteux, voire des certificats de complaisance. Rien de probant, les jeunes filles en fleurs, à fanaison rapide, occupent le fond des tableaux. La psychologie revient comme chez elle, les actes sont conventionnels et sourds. Ils ne seront jamais de vieux robots primaires, genre DSK, et pas davantage des déprimés profonds, style Houellebecq. Ils manquent de corps, comme s'ils n'avaient jamais rencontré des corps.

J'ouvre Le Clézio, rien, Modiano, élégant brouillard, Quignard, mélancolie et traumatisme de la naissance. Chez ce dernier, une triste figure apparaît dans toutes les pages, celle de la raide Isabelle Huppert. Il s'est sûrement passé quelque chose de terrible dans ce pays, mais quoi ?

Vous posez cette question à une femme : « Supposons que vous changiez de sexe, vous aimeriez les hommes ou les femmes ? » Réponse immédiate la plus courante : « Les hommes. — Vous seriez alors homosexuel ? » Léger trouble. Je peux aussi ajouter : « Décidément, nous n'avons pas les mêmes goûts. »

Les lesbiennes, drôle d'histoire (rebonjour Baudelaire !). En principe, sauf dérapage, un homme n'entre pas dans ce château fort, et c'est normal, puisque, la plupart du temps, il s'agit d'amour courtois sur fond de tribadisme fiévreux. Je suis allé deux ou trois fois dans des endroits spécialisés (j'avais un passeport), et, comme de juste, je m'y suis beaucoup ennuyé (le débutant, ici, se souvient d'un bar d'autrefois particulièrement sinistre, *Le Monocle*). Ça ne m'a pas empêché d'avoir de fortes attirances de ce côté. Il y a, sur ce point, une photo célèbre et sublime de Cartier-Bresson, deux femmes ensemble (au

Mexique, je crois), enlacement de toute beauté, pris, à la dérobée, à travers une porte entrouverte, sans doute la plus belle photo du monde. Eugenia était bisexuelle, et c'était, pour moi, un de ses charmes les plus puissants.

Les homosexuels, eux, m'ennuient vite (sauf exception), les femmes jamais. Les homos ne voient pas la moitié du ciel, drôle de vision cléricale. Ils vieillissent tous, même les plus « virils », en fausses femmes, région prévue de l'enfer. Ils manquent d'enfance, et restent, même les plus obsédés sexuellement, très sentimentaux. Les Mères, toutes-puissantes, surveillent dans l'ombre ce continent du Spectacle. Sur ce miroitement désertique, Genet a tout dit.

Je revois certaines prostituées dans le temps : ma reconnaissance les accompagne, leur *humanité* me touche. Expédier des corps, et parfois s'attarder sur l'un d'eux, fait partie de la science de la vie, donc de la mort. On veut interdire la prostitution ? Si la vraie raison est d'empêcher l'esclavage organisé et les filières criminelles mafieuses, elle n'est pas discutable. Mais quelque chose me dit qu'une source noire plus profonde est à l'œuvre : on veut empêcher le débutant de faire ses études, d'apprendre le dessin, la couleur, la grammaire, la logique, et, tout simplement, ne serait-ce que par contraste, la pureté, la raison, le goût.

Dernière étrangeté : les femmes qu'on n'a eues qu'en rêve. Je parle ici de vrais rêves nocturnes, avec grand élan, grand accord, grande satisfaction réciproque. Conclusion : ça aurait été moins bien dans la réalité, il fallait passer dans une autre géométrie, s'atteindre physiquement dans une quatrième dimension d'accueil. Je ne donne pas de noms, mais je pense surtout à l'une d'elles : on n'a jamais fait l'amour, et on l'a fait au moins dix fois en dormant, très loin l'un de l'autre. Si elle lit ce livre (peu probable), je suis sûr qu'elle se reconnaîtra.

J'aurais aimé connaître Suzanne Manet, Victorine Meurent, Berthe Morisot, Méry Laurent, et, à vrai dire, toutes les femmes des anciens peintres. J'imagine cette boulangère vénitienne posant pour Titien pour une Vénus ou une Assomption. Elle fluidifie son pinceau pendant des heures. Ensuite, j'interroge Victorine Meurent : « C'est bien vous, dans l'*Olympia* et *Le Déjeuner sur l'herbe* ? » Je l'entends me répondre : « Oh, vous savez, Manet avait une vision très spéciale des femmes. — Mais enfin, c'est bien vous ? — Si vous voulez, mais je ne vois pas ce que ça me rapporte, d'ailleurs je vous signale que moi-même je peins. » Même scène avec Berthe Morisot : « Ah non, écoutez, c'est trop douloureux. Mais que pensez-vous de mes toiles ? » Et Suzanne : « Un mari exquis, n'insistez pas. » Et Méry Laurent ? « Un très grand ami, je n'en dirai pas plus. » Au fond : « Il n'est plus là, et nous sommes toujours présentes, nos corps s'alourdissent, alors que lui n'a pas eu le temps de vieillir, il a fixé notre beauté que nous ne voulons plus regarder. »

Même type de réponse avec les femmes de Picasso, en beaucoup plus agressif. Picasso ? Un monstre misogyne, entièrement tourné vers lui-même. Un sadique, un pervers, un mégalomane absolu. Un obsédé sexuel, comme le montrent ses derniers barbouillages. Dora Maar pleure toujours, se met à peindre et devient mystique, pendant que Françoise Gilot peint de grands draps rouges ésotériques. Quant à Marie-Thérèse Walter et Jacqueline Picasso, elles se suicident après la mort de leur amour persécuteur. Tristes tropiques.

Mes meilleurs souvenirs de femmes au cinéma ? Sans aucun doute la bondissante Debbie Reynolds, dans *Chantons sous la pluie*, sans oublier Cyd Charisse et ses jambes (d'où le personnage de Cyd dans *Femmes*). Et puis toutes les actrices de Hitchcock, surtout Janet Leigh et Tippi Hedren, enveloppées, dessinées, magnétiques, toujours au bord de l'hallucination ou de la folie. Pas de Françaises, pour moi, dans le cinéma. Pas de femmes convaincantes chez Godard, trop protestant pour ce genre d'approche (il remplace l'élément féminin par la couleur). De toutes les apparitions corporelles, je retiens cette jeune paysanne grecque, dans *Méditerranée,* de Jean-Daniel Pollet. Elle boutonne lentement son tablier bleu, visage dans le miroir, fond de mer bleue. Regardez ses mains et ses doigts, c'est la perfection naturelle même.

J'ai voulu savoir pourquoi la meilleure incarnation de la marquise de Merteuil, au cinéma, n'était pas française mais américaine. Je suis donc allé voir Glenn Close à New York, pour lui dire mon admiration (sa bouche, lorsqu'elle prononce le mot *war*). À ce moment-là, elle jouait une pièce absurde au théâtre, mais, après le spectacle, on a longuement parlé des *Liaisons dangereuses,* dans sa loge, en buvant du champagne. Elle a disparu tard, dans la nuit, dans une grande limousine noire. Intelligence surprenante, beauté charmeuse et sauvage. Je ne sais plus dans quel film elle apparaît tout à coup dans un peignoir bleu. C'est de loin mon actrice préférée. En revanche, j'ose à peine dire, quitte à choquer l'armée américaine tout entière, que l'admirable et tragique Marilyn Monroe me laisse froid.

Les musiciennes ? Oh oui, des génies. Au clavier, Clara Haskil dans Mozart, Martha Argerich dans Bach (une de mes plus belles rencontres, un soir prolongé, à Bruxelles). Au violon, encore dans Bach, Julia Fischer. Les voix pour moi bouleversantes ? Kathleen Ferrier, Elisabeth

Schwarzkopf, Cecilia Bartoli. Mais j'ai aussi des souvenirs de gratitude pour Marilyn Horne, Ann Murray, Judith Nelson, Emma Kirkby.

Les voix désagréables sont légion (il suffit d'ouvrir la radio et la télévision), et j'avoue volontiers être un malade du bruit et de la voix humaine. Entre une très jolie femme à la mauvaise voix, et une femme sans beauté apparente à la voix mélodieuse, je choisis tout de suite la deuxième, fût-ce au téléphone. La voix dit toujours la vérité, même si elle ment, ce qui n'est pas grave. Deux voix magnifiques : Dominique, Julia. Le rire, la voix, ça ne trompe pas.

La discordance entre le corps et la voix est une information de première importance. Exemple : Simone de Beauvoir, beauté mais voix pincée insupportable. Autre exemple : Duras, et son élocution forcée, saccadée, symptôme d'une volonté d'emprise constante. Voilà des voix qui n'ont rien à cacher : tout est dehors, d'emblée, de façon militaire. Aucun humour, évidemment. Des voix de commandement.

L'érotisme, *bien entendu*, est fonction de la voix et du dire. Une femme qui peut changer de voix quand il faut, passer sans transition du « vous » au « tu », de la conversation subtile à l'intonation franchement canaille, est au-dessus de l'éloge. C'est, par exemple, Sophie dans *Portrait du joueur*, un comble.

La voix basse, la voix haute, le murmure, le chuchotement, le soupir, le sourire, la moue, tout ce qui a trait aux lèvres, à la langue, tout ce qui *dialogue* en parlant, devient signe. Épargnez-moi toutes les bouches refaites de la publicité, charcuterie immangeable. Ne touchez pas à votre peau, laissez-la-moi. Parle, et tu es à moi. Ris, et tu es à moi plus encore. Si tu as ri, et as dit « oui », c'est un vrai *oui* du jour dans la nuit.

L'accord sur les mots grossiers ou doux exige beaucoup de délicatesse. Une fausse note, et tout déraille. Vous devez discerner ce qu'une femme veut entendre en secret et qu'elle ne pourrait pas supporter à l'état normal. Cela suppose qu'elle-même a su deviner ce qu'elle doit vous dire ou éviter de vous faire entendre. Le point de rencontre est musical, pour la pornographie comme pour la tendresse. L'une n'empêche pas l'autre (parfois à venir), les partenaires s'admirent, et sont en droit de le faire, sinon c'est en eux l'infection larvée du social. Ils ont leur langage singulier qu'ils sont seuls à comprendre. Public, il exploserait dans un ridicule insensé.

On agit d'abord, on parle ensuite. C'est ma formule de Lucie dans *L'Éclaircie*, en entrant dans le studio en fin d'après-midi : « Désennuyons-nous. »

On ne parle pas de la même façon avant ou après l'acte, raison pour laquelle les actions en fin de soirée sont à éviter. On a trop bu, on a trop parlé, trop attendu, la fatigue est là, c'est plus ou moins raté, comme le lendemain en témoigne. Je me revois dans une ville étrangère, longue soirée flirteuse, vin et whisky, rien au lit.

Les mots crus sont les meilleurs en français, les mots doux ou les diminutifs ont leur efficacité dans toutes les langues, les noms d'animaux notamment. Les statistiques, paraît-il, le prouvent : les femmes embrassent plus que les hommes. Les théologiens et les philosophes se sont trompés : les femmes ont une âme. Je revois la traductrice américaine de *Femmes*, la même que celle de Duras, me demander quelques explications de texte, et s'arrêter sur une expression sur laquelle elle venait buter : « Elle m'embrasse au souffle. » Comment lui expliquer ? Elle n'avait visiblement aucune idée d'une performance de ce genre, et il n'était pas question d'entraîner cette femme sérieuse et d'un certain âge dans une démonstration pratique. Quand une femme vous embrasse (ou s'embrasse à travers vous), vous savez exactement où vous êtes. Admis ou pas. Notre époque n'est pas favorable à l'âme, d'où l'apparition du répétitif et misérable « bisou ».

À l'instant, comme une morsure mortelle, j'entends intérieurement la voix de Dominique :

« Au revoir, petit chéri ! » Je pense à sa beauté et à sa noblesse. Sa fin m'évoque celle de cette comtesse du 18e siècle, morte en 1736, qui a rédigé elle-même son épitaphe :

« Ci-gît, dans une paix profonde,
Cette dame de volupté,
Qui, pour plus grande sûreté,
Fit son paradis en ce monde. »

J'ai devant les yeux, dans mon jardin au bord de l'océan, un bougainvillier grenat, dont la couleur éclate entre deux grands acacias. Son nom évoque Louis-Antoine de Bougainville (1729-1811) et son célèbre *Voyage autour du monde*, effectué entre 1766 et 1769. L'édition originale de 1771 se présente ainsi :

Voyage
Autour du monde
Par la Frégate du Roi
La Boudeuse
Et
La Flûte L'Étoile
En 1766, 1767, 1768 et 1769
À Paris
Chez Saillant et Nyon, Libraires,
rue S. Jean-de-Beauvais
De l'imprimerie de Le Breton,
premier Imprimeur du Roi
M.DCC.LXXI.

Avec Approbation et Privilège du Roi.

Vous avez bien lu, le roi a voyagé autour du monde, il était sur le pont de *La Boudeuse*, de *La Flûte L'Étoile*, il a fini par découvrir, en 1768, une île de Mélanésie (dans l'archipel des Salomon) dont on peut se demander pourquoi elle s'appelle encore aujourd'hui *Bougainville.* Le roi a tout fait, tout connu sans quitter Versailles, subi les tempêtes et les accalmies, le désespoir et les féeries, écrit et imprimé ses aventures, avec sa propre approbation, comme son privilège le lui permet, en tant que roi.

Vous imaginez *La Boudeuse* au large de l'Australie ? Heureusement que *La Flûte L'Étoile* était là, je les vois d'ici, dans le couchant, à l'ancre. En tout cas, ne me dites pas que ce bougainvillier n'est pas une plante de rêve, et qu'il y a une plus belle couleur que le *grenat* (un *velours grenat*). Il est vrai que je ne connais pas encore une Mélanésienne, je suis moins savant que le roi.

Y avait-il des bougainvilliers dans les jardins de Voltaire ? C'est probable. La ravissante Pompadour n'a pas pu les connaître, puisqu'elle est morte en 1764, à l'âge de 43 ans. Regardez son portrait somptueux par Maurice Quentin de La Tour, et vous comprendrez pourquoi la Française est tombée de haut. On ne l'imagine plus, sauf exception, dans un pastel bleu de ce temps bleu. Le temps bleu est celui de femmes étranges par leur liberté, Mme Du Deffand, par exemple, à qui Voltaire, le 22 juillet 1761 (deux ans après la parution de *Candide*), écrit ce qui suit :

« Quand je vous aurai bien répété que la vie est un enfant qu'il faut bercer jusqu'à ce qu'il s'endorme, j'aurai dit tout ce que je sais. »

Émilie Le Tonnelier de Breteuil, marquise du Châtelet, est morte, elle aussi, à l'âge de 43 ans, des suites d'une grossesse intempestive, « couverte » par Voltaire. Berçait-elle son philosophe comme un enfant dans son château de Cirey ? Son caractère ne l'indique guère et le prochain château de Voltaire s'appellera, avant Ferney, « Les Délices ». Émilie était jalouse, ne voulait pas que son amant aille voir Frédéric de Prusse, mais, sur ce chemin, nous trouvons Mme Bentinck, « grande amie », que Voltaire décrit ainsi : « Haute en couleur, fraîche, grasse, appétissante. » Elle a une « taille majestueuse », alors que sa nièce et maîtresse, Mme Denis, est « petite et grosse ». Charlotte-Sophie Bentinck ? La voici : « La spirituelle, l'éloquente, la sucrée, la romanesque, la bavarde comtesse. » Leur histoire mérite, de leur part, les mots « destinée », « roman ».

La voici aux « Délices », quand il est en train de composer *Candide*. Elle écrit, dans une lettre à un poète allemand qui a rencontré Voltaire six ans avant :

« M. de Voltaire est présentement la divinité que tout le monde adore. Je n'ai jamais vu une idolâtrie plus poussée que celle que tout le monde a pour lui. Aussi sait-il bien la mériter par ses façons. Il est charmant, doux, égal, gracieux, sociable, enfin, Monsieur, vous ne le reconnaîtriez assurément pas. D'abord il est coquet, bien poudré, tiré à quatre épingles. Il se faufile agréablement avec la compagnie, il se prête à tous, il daigne se communiquer à chacun ; il soupe, il joue, il se promène ; il vit comme les hommes, et parle comme personne n'a jamais parlé. Sa maison est montée comme celle d'un prince. Il fait une dépense enragée, et il est le seul de ce pays qui vive de cette opulence. »

La spirituelle Mme Bentinck est, pour Voltaire, « celle avec qui je voudrais passer ma vie ». Il réclame d'« avoir l'honneur de vivre avec elle ». Il a, pour elle, « un zèle, un respect, un attachement infinis ». Il faut dire qu'elle le soutient de mille façons dans son conflit avec Frédéric. Ils pensent tous les deux être guidés par une « étoile ». Elle refuse ses propositions de vie commune (pas question de s'enfermer à la campagne), mais Voltaire garde pour elle une grande tendresse. Elle lui écrit encore, de Hambourg, le 17 avril

1778. Là, Voltaire ne pourra pas lui répondre, puisqu'il est mort à Paris, le 30 mai.

Émilie du Châtelet, malgré ses connaissances scientifiques, s'est laissé tardivement faire un enfant par le poète Saint-Lambert. Voltaire est catastrophé, convoque le mari d'Émilie, lui fait endosser la paternité, arrange tout (car on ne se brouille pas « avec une amie de vingt ans »), et voit sa camarade de combat mourir sous ses yeux en couches. À défaut de Charlotte-Sophie, il s'arrangera donc avec sa nièce, à qui il écrit des lettres très crues en italien. Mais enfin, qui est Cunégonde, la Dulcinée de Candide ? La conclusion du roman est sévère : Cunégonde est devenue « laide, acariâtre et insupportable ». Sa rédemption, dans le jardin « qu'il faut cultiver », fait d'elle une « excellente pâtissière ». Morale à la Ubu : « Vous êtes bien laide, ce soir, madame Ubu. Est-ce parce que nous avons du monde ? »

J'ai eu de la chance : pas de ressentiment ou d'esprit de vengeance entre les femmes et moi. Des folles à distance, oui, mais pas de « laides et acariâtres » proches. Il faut dire que je suis un explorateur méconnu : je n'ai pas fait le tour du monde, mais j'ai identifié très tôt, afin de le neutraliser, un organe microscopique, très difficile à localiser, source de toutes les manifestations atrabilaires, situé chez les femmes de façon presque invisible, mais ayant un grand effet d'usure toxique dans la vie des hommes. J'ai nommé le cœur de la rancœur, la VVB, la Vésicule Vaginale Biliaire. Ma découverte va beaucoup plus loin que celle de l'hystérie, devenue globale et banale. Ce pas sur la lune, de façon très injuste, ne m'a pas encore valu le Nobel.

Le 13 septembre 1758, Mme Bentinck est donc chez Voltaire aux « Délices ». Elle reste jusqu'au 3 octobre, et on ne sait rien de leurs conversations, pendant ce moment capital où Voltaire achève *Candide*. Il lui écrit peu après son départ, en parlant des opérations militaires en cours :

« Il y aura encore bien des faubourgs brûlés, bien des femmes grosses écrasées, et des princesses évanouies, et des familles réduites à la mendicité, et des héros à cinq sous par jour massacrés, avant que les choses soient ce qu'elles doivent être. Le meilleur des mondes possibles de Leibniz est un petit enfer, et tout paraît assez *mal*, sur ce petit globe ou globule, dans lequel Pope trouve que tout est *bien*. J'ai mes raisons pour renoncer au système de l'optimisme, mais si vous êtes heureuse, je pardonnerai un peu au diable qui se mêle des affaires de ce monde. »

On sait, par une autre lettre, que le départ de Charlotte-Sophie lui a rendu les « yeux humides ». Voltaire sentimental dix minutes ? Mais oui. N'exagérons rien : le diable ne règne que sur un « globule ».

On n'est pas obligé de suivre Dante au paradis, conduit par la main céleste de Béatrice, morte à peine adolescente, ni de souscrire à la formule finale du *Faust* de Goethe : « L'éternel féminin nous attire vers le haut. » Il n'y a plus de ciel ni de « haut », le paradis est ici, ou pas. Le vieux Goethe, à plus de 80 ans, était très amoureux d'une fille de 19 ans, fâcheux retour d'âge, poésie idéalisante. On peut, en revanche, en s'appuyant sur un violent sentiment contraire aux trous noirs, garder le dernier vers sublime de *La Divine Comédie*, « L'amour qui meut le soleil et les autres étoiles », et aussi cet hommage à Éros du vieil auteur de *Faust* : « L'amour forme tout, protège tout. »

Le Diable a ses ressources : on l'a vu à l'œuvre, depuis des millénaires, dans l'exploitation des femmes, à travers le mariage subi, les sabbats nocturnes, la maladie romantique, la folie des hommes. Des religieuses au voile et à la burqa, du harcèlement au viol, en passant par l'idéalisation poétique ou mystique, on aura tout vu, et c'est peut-être loin d'être fini.

Et pourtant, c'est fini. J'ai toujours fait l'apologie du mariage, le mien en tout cas, pas celui des autres. Le mariage a explosé, les divorces ne se comptent plus, les familles recomposées rament, mais le voici de retour comme protection et revendication de stabilité. Les jeunes gens, paraît-il, y reviennent par conformisme, les homosexuels le réclament et l'obtiennent, avec la possibilité d'adoption d'enfants. Dans un contexte dévastateur, cette renormalisation est étrange. Du patriarcat traditionnel en ruine, on s'achemine peu à peu vers un matriarcat contrôlable.

Le mariage classique opprimait les femmes, le nouveau, en Occident du moins, est appelé à cadrer les hommes. Ils seront fidèles, transparents, loyaux, monogames, participatifs, utiles. Les Droits de l'homme sont faits pour ça.

En tout cas, le mariage, pour moi, a été une décision antisociale défensive. On aime quelqu'un, la société s'y oppose, on affirme son choix. Question de temps dans le temps. Si le « mariage d'amour » existe, il est menacé (s'il s'agit vraiment d'amour). Il faut donc le protéger, avec ses composantes particulières : attrait immédiat, confiance, travail parallèle, chacun son lieu et son argent, son nom. C'est une force. Là où ça coince, c'est dans la demande de transparence. Rien n'est plus faux, sur ce point, que le contrat Sartre-Beauvoir : on se dit tout, on se raconte tout, on ne fait rien sans le regard et le jugement de l'autre. Erreur, et méconnaissance des corps. Les femmes en ont souffert pendant des siècles (couvent, amour courtois, bovarysation, adultère, remariages divers), et les hommes, pour la plupart, ont tout à y perdre : routine, censure, surveillance propriétaire, châtrage banal. Sans aller jusqu'à demander à une femme de s'exclamer, de façon héroïque, comme la femme de Morand : « Un homme qui ne trompe pas sa femme n'est pas un homme ! », on peut quand même écouter ce qui se dit là.

Ceci : pas de discussion possible, entre hommes et femmes, sur la « sexualité ». Opacité, réflexions générales, mais, surtout, silence. Arrangez-vous, la loi n'a rien à faire dans cette histoire. Vous avez le droit d'abriter votre singularité dans le mariage, pas celui d'introduire la police, sauf mauvais traitements, dans votre intimité. Le mariage, en général, a été, pour la grande majorité, un enfer. À un moment, on voulait, Julia et moi, écrire un livre à deux voix, avec, pour titre : *Le Mariage considéré comme un des Beaux-Arts,* mais pourquoi se donner en modèles ? Le titre, seul, était bon. Pour le reste, sauf dans la fiction, la discrétion s'impose.

Vous êtes un homme, soit, mais vous êtes aussi un enfant. Vous êtes marié, vous avez un fils, vous avez connu beaucoup d'aventures, mais vous n'aurez pleinement réussi votre parcours que si vous vous faites accepter comme un enfant, *l'enfant que vous n'avez jamais cessé d'être.* Soyez l'enfant de votre femme, et, surtout, faites-la rire. Elle est particulièrement jolie quand elle rit.

J'écoute les femmes avec curiosité, je vérifie mes données de base. Autant de femmes, autant de petits romans concentrés. Ça ne va pas fort avec les hommes, toujours les mêmes questions : où sont-ils, que font-ils, pourquoi se dérobent-ils ? Foule de textos, l'attente, toujours l'attente, l'angoisse et la déception de l'attente. On leur cède son corps, et puis, le lendemain, ils ont peur, ils s'enfuient, ne rappellent pas, craignant sans doute la demande d'enfant ou d'installation. Ils ne se rendent pas compte de la merveille qui leur est offerte. Si l'un d'eux accepte l'appropriation, il sera trompé. Normal : finalement, il est ennuyeux, on se demande si c'est un vrai homme.

Rien de plus pathétique qu'une femme qui s'accroche à un homme. Aucun obstacle ne peut la dissuader, c'est une dévote qu'aucun refus ne rebute. Lisez *Rendez-vous*, de Christine Angot, ou *Un homme dans la poche*, d'Aurélie Filippetti, deux très bons livres. Au moins, ces deux-là ont trouvé la force d'écrire, et c'est courageux. Ce sont des filles de pères ou de grands-pères spéciaux, et toute une histoire les rattrape dans leurs aventures : lutte des classes, conflits ethnique ou culturel, omniprésence d'un drame familial, conséquences de la déportation, mort de la mère. Elles vont en psychanalyse, et ça irait encore plus mal si elles ne le faisaient pas. Ces séances peuvent durer des années, des siècles. Leurs enfants les empêchent de s'effondrer, elles attendent de voir leurs petits-enfants, elles traversent comme elles peuvent les soucis sociaux, et, parfois, l'enfer politique.

Le cinéma, la mode, la publicité font leur travail. Une femme doit être une image, elle est d'abord photographiable et filmable, sinon elle n'existe pas. Non seulement elle est une image, mais elle doit se comporter sans cesse selon cette image : s'habiller, ne pas grossir, maigrir, sourire, soutenir les productions en cours. Pour les célibataires, il y a plein d'annonces, toutes plus attractives les unes que les autres, par exemple, cette pub télévisée « Attractive World, pour célibataires exigeants ». Si vous me plaisez, vous m'épousez. Une femme quelle qu'elle soit est un argument de vente. Dans la conversation, c'est pareil : faire sa propre publicité, dire du mal de tout le monde à tout le monde, en essayant de ne pas trop « se couper », et, surtout, rendre la concurrence impossible, « Une autre femme que moi ? Vous n'y pensez pas ! ».

Au cas où elles sont classées, et plus ou moins pénalisées, comme « femme de » (politiciens, intellectuels, artistes, sportifs), elles s'indignent et le font savoir. Quel rapport y a-t-il entre un compagnon ou un mari et leur propre identité professionnelle ? Aucun, c'est l'évidence. Leur protestation est mal comprise, parce qu'elles ne vont pas jusqu'à dire : « Si vous saviez comme je m'ennuie à la maison ! » C'est pourtant le cas, conflit automatique entre images. « On ne voit que toi. — Ah non, on ne parle que de toi ! » Les journées sont journalistiques, médiatiques, stratégiques. Les rumeurs, les réseaux, les tweets vous poursuivent jusque dans votre salle de bains. Ça parle énormément, d'où, parfois, des bulles en surface. « Brasier de complots », dit quelque part

Saint-Simon, qui serait très surpris (mais peut-être pas) que l'humanité en soit là.

Mon fils, David, a eu, lorsqu'il était enfant, deux mots charmants à mon sujet. Comme je passe la plupart de mon temps, seul, à écrire, il a dit un jour : « Papa est comme Dieu, il existe, mais on ne le voit pas. » Et, une autre fois, formule étonnante : « Papa est un célibataire heureux. » Fameux compliment, et qui a fait rire sa mère.

À l'opposé du malheur féminin, programmé par des siècles d'obscurantisme, et grâce aux avancées de la science et de la technique, il existe de plus en plus de femmes autonomes et libres. Le spectacle, le plus souvent mécanique et navrant, de la société, ne les impressionne pas. Je les ai rencontrées, ces artistes de la vie, tous mes romans parlent d'elles. Elles sont reconnaissables au fait qu'elles ont dû surmonter des situations difficiles et des tonnes de préjugés. Elles connaissent le noir, elles aiment le bleu. Une sorte de gai savoir les accompagne. Je leur dois beaucoup.

Une artiste de la vie ne perd pas de temps, identifie au coup d'œil les contraintes qu'on veut lui faire endosser, gagne sa vie, n'a pas peur des compromis, sait que les meilleurs arrangements sont les plus commodes. Elle suit son cap « à la chinoise ». Elle est douée pour l'amour, mais aussi pour l'amitié. Même si elle est mariée, c'est une célibataire exigeante. Elle est drôle, sensible, discrète, elle sait voyager et juger. On se rencontre, on se reconnaît.

Toutes ces femmes auraient été brûlées au Moyen Âge comme des sorcières, elles n'ont pas le temps de se venger, n'appartiennent à aucun parti ni groupe de pression, font travailler leurs réseaux pour elles seules ou leurs complices, un jour absolument nouveau brille pour elles. Elles pourraient reprendre à leur compte la déclaration de la Juliette de Sade : « Le passé m'encourage, le présent m'électrise, je crains peu l'avenir. » Ce ne sont pas des « espèces » (comme dit Mme de Merteuil). Elles n'ont aucun penchant pour la cruauté, sauf pour se débarrasser des fâcheux, des fâcheuses. Ta liberté plus la mienne, ça fait une sacrée liberté.

Paris, si on sait s'en servir, est toujours une fête. Autant de villes civilisées dans une seule ville : un quartier, une vie, un autre quartier, une autre vie ; encore un autre quartier, et, de nouveau, une autre vie. Je me répète : mon héros de Paris s'appelle Manet. Regardez-le passer sur le boulevard des Italiens. Suivez-le dans son atelier, et admirez une fois de plus le *Bar aux Folies Bergère.*

J'ai été heureux dans le 17e arrondissement, le 9e, le 5e, le 6e, le 7e, le 14e, le 15e, parfois dans le

8e, rarement dans le 16e, assez souvent dans le 13e, jamais dans le 19e, une seule fois (mais mémorable) dans le 1er. Voici mes partenaires : elles travaillent tôt et beaucoup, conduisent vite et bien, leur ordinateur est savant, leur téléphone aussi. Les bars ou les restaurants simples et un peu cachés n'ont pas de secrets pour elles, et si j'en retrouve une à New York, Londres, Barcelone ou Rome, ses plans sont parfaits. Personne ne sait où me conduit ce taxi dans la nuit, personne n'a jamais su non plus ce que je faisais, *exactement*, à Venise. Une femme qui me permet d'écrire plus, et mieux, est un don du ciel. Il est impératif qu'elle aime la musique. Laquelle ? Le vrai flamenco, le jazz, et Bach, toujours Bach, encore Bach.

Des artistes de la vie, des femmes-miracles. On est ivres, on rit, on passe la nuit dehors, on s'embrasse, on se sépare, on se reverra bientôt. Tiens, qu'est-ce que je fais dans l'herbe de Hyde Park, entouré de canards et d'oies ? Je ne sais pas, il faut demander à Julia. Saveurs des petits matins à Paris, dans l'île de Ré, à Venise, déploiement silencieux des oiseaux. Une femme dort, on la laisse dormir, ou bien c'est elle qui vous réveille, thé pour elle, café pour moi. C'est le moment enfantin des joues, des yeux, des parfums. Il pleut, ou le ciel est rouge. La circulation commence, ou alors calme plat sur l'eau, pas un bruit.

Je ne sais plus quel Concile a défini l'âme comme étant la « forme du corps ». La formule est très juste. La forme du corps est à peine visible à l'œil nu, c'est une enveloppe, un halo, une aura, un nimbe. Il y a des corps sans âme (les mannequins, par exemple), et d'autres qu'on devine à travers la voix, les mains, la peau. Il y a aussi, hélas, des âmes sans corps, qu'on dirait promises à un malheur de mort. Séparer l'âme du corps, et le corps de l'âme, est une erreur grave et constante. En revanche, je n'ai jamais vu de preuve plus manifeste de leur unicité que les derniers jours de Dominique, beauté corporelle *formée* par son âme. Lumière sur lumière, grâce sur grâce, défi à la mort.

Rimbaud a compris ça, dans la dernière phrase, saisissante et soulignée, d'*Une saison en enfer* : « Et il me sera loisible de *posséder la vérité dans une âme et un corps.* » Et aussi : « Mon âme éternelle, / Observe ton vœu, / Malgré la nuit seule, / Et le jour en feu. »

On n'a jamais vu, je crois, avant Rimbaud, un homme tutoyer son âme comme une femme. Tout de même : « Mon enfant, ma sœur… »

Jusqu'où accepter les défauts de l'autre ? Disons 30 %. Au-delà de ce pourcentage, des questions se posent, et mieux vaut ne pas arriver à 40 %, car, à ce moment-là, même les meilleures qualités faiblissent. J'accepte, de mon côté, d'avoir 30 % de défauts, j'essaye de ne pas dépasser ce coefficient, sauf si j'ai décidé de me rendre insupportable. Plus de 30 % de défauts peut bondir assez vite jusqu'à 70 %, et, là, plus rien à faire, l'ennui s'installe. Toute rencontre devient toxique, une femme met son discours « en boucle », elle ne vous voit plus, ne vous entend plus, interrompt vos phrases, change de sujet en pleine conversation, semble avoir complètement oublié votre existence. C'est dit, c'est cuit. Les ruptures les plus rapides sont les meilleures. Les liaisons de longue durée, au contraire, sont stabilisées avec humour à 30 %. Après tout, 70 % de qualités, c'est énorme.

Je publie de temps en temps un roman que mes amis trouvent en général excellent, ce qui me console un moment des critiques négatives (« ce n'est pas un vrai roman », etc.). Le temps passe, et, par jeu, il m'arrive de demander à l'un ou à l'une s'il (ou elle) se rappelle du prénom du personnage féminin principal de tel ou tel livre. Ils (ou elles) ne s'en souviennent pas. Est-ce pour m'embêter, me ramener à leurs réalités difficiles ? Non, ils ou elles ont carrément *oublié* Maud, Viva ou Minna. Ils, ou elles, ont lu (ou du moins feuilleté) ces romans, dont les femmes, tout à coup, sont absentes.

Mes amis hétéros sont jaloux, mes amies femmes censurent les personnages de femmes, mes amis homos font comme si elles n'avaient jamais existé. Difficile d'imaginer un peintre dont les proches ne verraient pas les tableaux, ou un musicien entouré de gens sourds à toute musique. Après tout, bon, ils ne sont pas obligés de connaître la peinture ou la musique. Avec les livres, ça devrait aller mieux, puisqu'ils utilisent sans cesse des mots et des phrases. Eh non, c'est pire. Expliquez-moi.

J'insiste sur l'effacement des femmes dont j'ai, chaque fois, fait minutieusement le portrait. La conséquence de cette oblitération est que je me demande parfois si j'ai vraiment vécu ce que j'ai vécu. Mais oui, aucun doute, il s'agit bien de ce printemps-là, de cet été-là, de ce merveilleux automne. Jamais les Zattere, à Venise, n'ont été aussi lumineux et beaux, jamais ce bateau n'a mieux fendu l'eau, jamais cet appartement près de l'Hudson, à New York, n'a connu deux amants semblables. Il faut se faire une raison : mes amis, mes amies, ont tendance à me priver de ma vie. Au fond, c'est une famille imaginaire. Pour elles et eux, je suis un cousin gênant.

Le plus frappant, ici, est la perte de mémoire de certains modèles. Elles vivent avec intensité le moment où elles jouent, mais plus du tout dans ce qui en est décrit. Elles doivent avoir un autre récit des mêmes événements, mais comment le savoir sans détails concrets ? Peut-être, d'ailleurs, n'ont-elles aucun souvenir, ou alors très vague. « Un homme, disent les Chinois, ne laisse pas plus de traces dans une femme qu'un oiseau dans le ciel. » Il n'y a pas de mémoire de l'eau ni du ciel.

Disparition de la lecture et de la mémorisation qui devrait s'ensuivre. J'ai autrefois conseillé à une amie qui n'allait pas bien d'apprendre par cœur un poème, et de se le réciter de temps en temps, à voix haute, à elle-même. Baudelaire est un excellent antidépresseur, le mal social ne résiste pas à ses fleurs. Elle a commencé, ça lui a fait le plus grand bien, et puis elle a oublié de continuer, les poèmes sans voix s'évaporent.

Effacement ou falsification des femmes, c'est-à-dire, en fait, de la nature. Un monde contre nature s'édifie, imagé, bavard, insensible, bourré de produits de beauté, de soins médicaux, de gymnastique, de suppléments d'âme sans âme, de puritanisme et de spiritualisme à gogo. Les produits bio et la poudre de perlimpinpin prolifèrent. Si vous en doutez, regardez, après une solide publicité, les émissions religieuses du dimanche matin (surtout les bouddhistes, à mourir de rire).

Comme c'est curieux : une vraie femme apparaît, et le monde, soudain, devient vrai. C'est ce que raconte un ami de Manet, lequel, à la fin de sa vie, souffrait beaucoup de sa jambe gauche (il va être bientôt amputé) : « Manet souffrait constamment, mais il suffisait qu'une femme soit là, n'importe laquelle, et il allait mieux. » Ce « n'importe laquelle » m'enchante. Pourquoi

Mozart fait-il chanter à Don Giovanni, avant qu'il disparaisse dans les flammes de la bien-pensance, « Vive les femmes, vive le bon vin, soutiens et gloire de l'humanité ! » ? *N'importe laquelle...*

Eh non, justement, pas n'importe laquelle. Celle-ci, celle-là, et sûrement pas la « jeune débutante » (appelons-la Cunégonde). La petite brune ronde remporte la partie au poker. Elle surgit, elle rit de façon déraisonnable, se met au clavier, et gagne. Je cherche une figure séduisante d'aujourd'hui dans l'audiovisuel français, je fais défiler les images, j'hésite, je ne vois personne, mais si, cette petite châtain mutine, genre noisette chaleureuse et impertinente, une Française comme on n'en fait plus, qui, un soir d'émission télé, sur Canal +, m'a laissé passer sur Stendhal. Comment s'appelle-t-elle déjà ? Elle a un prénom mythologique et un nom de mauvais musicien français du 19e siècle. Voilà : Ariane ! Ariane Massenet ! Ariane, vous n'en avez rien à faire, mais je vous aime.

Le cousin imaginaire gênant n'est pas communautaire. Il n'a même pas appartenu à la puissante secte de la « Communauté inavouable », fondée par un grand Inquisiteur du 20e siècle, connu pour avoir répandu la terreur chez les esprits forts. Il a écrit *L'Arrêt de mort*, ce qui veut tout dire. Que signifie « communauté inavouable » ? Quelque chose qu'on ne peut pas *avouer*? Ce terme d'« aveu », outre sa connotation religieuse ou judiciaire, est problématique. S'agit-il d'un acte sexuel sadien particulièrement atroce ? D'un plaisir solitaire déclenché, à heure fixe, chez tous les participants de cette communauté communiste d'un nouveau genre ? Seul l'Inquisiteur a connu la vérité, mais il l'a emportée dans sa tombe.

Une des saintes locales de cette religion imprévue, toute dévouée à l'Inquisiteur, a obtenu un grand succès avec un roman, *L'Amant*. Mais elle a aussi écrit un livre, dont le titre, *La Maladie de la mort*, fait signe vers le rituel ultra-secret de la secte. Tous les membres, en tout cas, semblent avoir une grande vénération pour la Révolution française, et surtout pour la Terreur. Leur tableau préféré est, bien entendu, celui de David, *La Mort de Marat.* Des spécialistes discutent encore pour savoir si un jeune écrivain flamboyant, très ange blond des ténèbres, mort du sida, était, oui ou non, adepte de la confrérie, comme son livre *La Mort propagande* paraît l'indiquer. Parmi les précurseurs de cette vague noire, on peut citer l'auteur de *La Mort à Venise,* en 1912, film culte en 1971. Mais on n'en finirait pas, et l'Inquisiteur, là, tient la corde. Il s'intéressait d'ailleurs beaucoup à Dominique, après la mort de son deuxième mari. Elle a fui.

En 1986, Marguerite Duras fait cette déclaration fracassante :

« Ce n'est pas seulement sexuel l'homosexualité, c'est beaucoup plus vaste que ça. Beaucoup plus terrible. Infernal. Du point de vue de Dieu, on peut expliquer la finalité de presque tout. Sauf ici, ici, on ne peut pas l'expliquer, c'est exactement de la même façon que la mort. Dieu s'est réservé ces domaines-là. Dieu a décidé que l'inexpliqué de sa création, ce serait ces deux choses-là : la mort et l'homosexualité. Ça ne relève pas de la psychanalyse, ces histoires, mais de Dieu. »

On voit que Dieu, ici, reprend du service pour fragiliser la psychanalyse et entraîner les homosexuels dans une dimension métaphysique dont la plupart se passent très bien. Mais Duras est une visionnaire qui copie, de façon confuse, la description que Lautréamont fait de Dieu dans *Les Chants de Maldoror.* Là, pour la première fois, Dieu est montré comme homosexuel et criminel. Pas mort du tout, très actif au contraire, dans un bordel. L'Inquisiteur, bien informé, mais pas jusqu'au bout, a d'ailleurs écrit un livre important sur cette région infernale : *Lautréamont et Sade.* Mais ne troublons pas le 21e siècle : Dieu poursuit sa course de mort, les homosexuels se marient, les laboratoires s'occupent de la transmission de la vie mortelle.

Dans le livre *Les Parleuses*, où elle s'entretient avec Xavière Gauthier, Duras trouve que je suis le seul homme avec qui les femmes peuvent parler à l'époque. Pourquoi ? « Parce que Sollers est désespéré. » Quelle idée ! Je me souviens d'un dîner très lourd avec ces deux voyantes, lequel s'est terminé, de façon pas du tout désespérée, entre Xavière et moi. Elle m'a emmené chez elle, on n'a pas beaucoup parlé, mais le sous-entendu, bien sûr, était : « Duras, quelle raseuse. » Élégante Xavière, excellent souvenir.

La sorcière Duras a dû être avertie de cette trahison, puisque, au moment de la parution de *Femmes*, elle m'a violemment attaqué dans la presse, allant jusqu'à comparer mon physique à celui d'un moine servant de publicité pour une marque de fromage. J'ai dû répondre qu'elle n'était elle-même qu'un vieux crapaud, ou quelque chose comme ça, ce qui ne l'a pas empêchée de m'embrasser fougueusement, un soir, dans la rue. Il est vrai qu'on prenait assez souvent des verres au *Pré aux clercs*, à côté de la rue Saint-Benoît, où officiait, parfois, l'Inquisiteur. Autre figure très présente dans le discours de Duras : François Mitterrand, dont elle n'arrêtait pas de faire l'éloge. L'Inquisiteur et elle avaient une fixation négative et haineuse : de Gaulle. Ce n'était pas mon avis.

Toute cette agitation a eu un quartier général légendaire, les Éditions de Minuit. Je n'aurai garde d'oublier une autre sorcière, célèbre pour ses séances de magie sexuelle, qu'elle a d'ailleurs racontées avec talent : Catherine Robbe-Grillet, spécialiste sympathique du grand minuit des organes. En ai-je assez dit sur la « communauté inavouable », qui me semble avoir disparu, comme le *Titanic*, dans les glaces ? Je suis sûr, en tout cas, que tous mes livres, après *Femmes*, ont beaucoup gêné ses activités.

Sans aller jusqu'à parler, comme le stupéfiant docteur Artaud, de la « maladresse sexuelle de Dieu », il suffit de rappeler les dates :

Femmes, 1983, commencement plus qu'abrupt : « Le monde appartient aux femmes, c'est-à-dire à la mort, là-dessus tout le monde ment. »

Déclaration de Duras sur Dieu, les homosexuels et la mort : 1986.

Pauvre Dieu, pauvres homosexuels ! Comme s'ils étaient dans le coup de ce qui se trafique vraiment, depuis des millénaires, à travers les femmes !

J'écris ces lignes en pleine crise économique, avec effondrement de l'euro et des banques, dans un *autre monde*, donc. Je sors dans mon jardin, il fait beau, je vois un gros pigeon, visiblement en rut, conscient de son importance, qui appelle sans arrêt à l'amour, à travers les arbres. Il ressemble comme deux gouttes d'eau à DSK. Je déchiffre son code, et c'est poignant, entêtant, tragique. J'entends nettement « Nafissa-tou-Diallo » — « Nafissa-tou-Diallo ». Le lendemain et le surlendemain, même topo. « Nafissa-tou ! » — « Nafissa-tou ! » Il n'a pas obtenu de réponse.

Je n'ai jamais porté plainte pour harcèlement, mais j'aurais pu, au moins huit ou dix fois. Sauf qu'un type qui porte plainte pour harcèlement féminin a l'air ridicule. Il est grotesque ou mythomane, pour qui se prend-il ? Ce genre de folie existe pourtant bel et bien : messages incessants, envois de Kleenex avec rouge à lèvres, filatures dans la rue, attentes dans les escaliers, lettres à l'employeur, etc. Harcèlement psychique qui finit presque par forcer l'admiration, malgré le dégoût. Une femme qui a choisi de vous *occuper* est d'une ténacité redoutable. Elle n'attend évidemment aucune réponse, mais le vide décuple son offensive absurde. Qu'est-ce qu'elle veut ? Rien, *vouloir*.

Elle perçoit sur vous, de loin, des effluves de femmes. Ça l'enflamme. Les plus déjantées vous prennent pour une poubelle et vous envoient, pêle-mêle, des flacons, des colifichets, des tickets de caisse, des débris de publicité : *elles vident leur sac*. Je passe sur les envois poétiques ou romanesques, les lettres interminables, les halètements téléphoniques, les photos tocardes, un vrai foutoir. Rien de « sexuel », bien entendu, pas la moindre invention de ce genre. Du sentimental déchaîné et du mauvais goût à hurler. Tout est sexuel, parce que rien ne l'est.

Voilà, au contraire, une exception remarquable : le très beau livre de Catherine Millet, *La Vie sexuelle de Catherine M.* Une femme s'offre à tous les hommes, sans culpabilité, par désir et curiosité. L'auteur, une amie de longue date en toute amitié, a un sens visuel aigu, et restitue les scènes pornographiques avec une précision extrême. C'est un chef-d'œuvre de liberté, le seul dans son genre. Son succès a été très révélateur, d'autant plus profond et durable que le livre suivant portait sur la jalousie à l'égard de son partenaire fixe, s'il avait une liaison féminine. Être la seule femme pour tous les hommes, oui, mais pas d'autre femme dans mon lit. Démonstration impeccable.

L'époque étant à la régression brutale, on imagine mal un nouveau livre de cette ambition aujourd'hui. Catherine Millet est « critique d'art », elle sait regarder, et elle a écrit un livre lucide sur Salvador Dalí. Nul doute : les historiens de l'avenir se demanderont comment ce cas a été *possible.* Je ne pense pas qu'elle me démentira si je dis que *Femmes*, en son temps, a ouvert la voie.

Une amie intime me dit : « C'est curieux, on est passés par une longue passion physique torride, et maintenant *on rit.* » Preuve par le rire, la seule. Quelles que soient les épreuves tragiques qu'ils ont traversées, un homme et une femme se sont vraiment rencontrés s'ils rient.

Je colle un timbre français rouge sur une enveloppe, et je vois un profil de femme, latin-grec, entouré d'étoiles, avec un curieux bonnet de bain sur la tête, dont je sais qu'il faut l'appeler « phrygien », coiffure des affranchis dans la Rome antique, et symbole de la liberté pour la Révolution française. Je suis français, je suis tenu de respecter cette Marianne *affranchie*, même si j'ai l'impression que son buste omniprésent est là pour empêcher toute autre intrusion de femme. Le jour où la République française aura une femme comme présidente n'est pas encore en vue.

Une vieille loi monarchique, dite « salique », interdit aux femmes d'occuper la fonction royale. Des reines, donc, mais pas au sommet. Alors que les maîtresses de Louis XIV et Louis XV occupent les imaginations (Montespan, Maintenon, Pompadour, Du Barry), la présence d'étrangères comme « premières dames » semble refoulée, voire maudite. Et pourtant, que de femmes étranges, dont on a envie de faire le portrait.

Marie de Médicis (femme de Henri IV, mère de Louis XIII), Catherine de Médicis (fabuleuse Régente criminelle), Anne d'Autriche (une *Espagnole*, mère de Louis XIV et de Philippe d'Orléans, et son amant, le cardinal Mazarin), Marie-Thérèse d'Autriche (femme de Louis XIV), Marie Leszczynska (plus jolie que prévu, polonaise, femme de Louis XV, *dix enfants* de lui), Marie-Antoinette (l'Autrichienne décapitée), Marie-Louise d'Autriche (l'impératrice de Napoléon), Eugénie de Montijo (l'Espagnole, impératrice de Napoléon III, qui a lancé la mode du Pays basque, d'où peut-être le choix du prénom de mon Eugenia).

Ça fait beaucoup d'Italie florentine, d'Autriche, d'Espagne. Il faut parfois que je souligne que mon pays, l'Aquitaine, a longtemps été une province anglaise à cause d'Aliénor et du Prince Noir (qu'on trouve au début des *Essais* de Montaigne). Les Médicis de Florence avaient au moins deux siècles de civilisation d'avance sur les Français, et on ne les voit pas devenir calvinistes, ce qui n'était pas une raison pour ensanglanter Paris avec le massacre de la Saint-Barthélemy. Mettez-vous, si vous le pouvez, à la place de Catherine de Médicis : ces protestants sont de dangereux iconoclastes, Coligny est d'une raideur à faire peur, ces gens sont des barbares, ils brûleraient Florence s'ils le pouvaient.

Toutes ces figures, donc, sont maudites, et Marie-Antoinette a payé pour elles toutes. N'empêche, je les entends bavarder en italien, en allemand, en espagnol, se moquer de l'arriération du goût des Français (qui a stupéfié Mozart), on ne voit pas trop, pour l'instant, ce qu'ils peuvent faire en peinture. Si je vais là, en vol plané, jusqu'aux épouses républicaines, j'ai l'impression d'étouffer chez des ménagères. Qui se souvient de Mme Thiers (le massacreur de la Commune), de Mme Loubet, de Mme Auriol, de Mme Coty ? Yvonne de Gaulle, c'est entendu, est une sainte. Petite détente chez Mme Pompidou (mais non, elle n'est pas sexy). Rien sous Giscard, rien sous Mitterrand (à part l'épisode de sa fille cachée, avec son prénom de bibliothèque, Mazarine), encore une sainte chez Chirac, grabuge chez Sarkozy (malgré, retour du refoulé, une chanteuse italienne), dissolution de la fonction chez Hollande, avenir obscur. Restent la reine d'Angleterre, bientôt remplacée par un roi, et la chancelière Angela Merkel, qui dissuade tout fantasme érotique.

Une hypothèse n'est jamais évoquée : Anne d'Autriche a mis très longtemps à être enceinte de Louis XIV. Un membre viril s'est-il dévoué pour cette action de grâce, qui a poussé Louis XIII à vouer la France à la Vierge Marie (encore une étrangère) ? Ce n'est pas impossible, et expliquerait l'étonnant acharnement de Louis XIV à légitimer ses bâtards. Il se sentait, ou se savait, bâtard lui-même, comme Philippe d'Orléans (époux d'Henriette d'Angleterre puis de la Princesse Palatine), père d'un autre Philippe d'Orléans, le Régent, lequel, autre bâtard possible en tant que fils de bâtard, a cassé le testament de Louis XIV en faveur de ses bâtards. Comment expliquer, d'ailleurs, l'obsession et la rage de Saint-Simon sur ce point génétique crucial, lui dont la *légitimité* de fils unique est sacrée ?

On voit qu'on est désormais à des années-lumière de toutes ces histoires, de leur cocasserie tragique, mais aussi de leur extraordinaire grandeur, que n'a pas la biologie dans son règne.

Passons maintenant à ma reine préférée, à la reine des reines. Il faut aller la chercher très loin dans le temps et l'espace, à un moment de mutation décisive pour le monde entier, c'est-à-dire en Égypte, peu avant notre ère. J'ai nommé Cléopâtre. La voici.

Le *nez* de Cléopâtre a beaucoup fait rêver. Pascal pense que la face du monde aurait été changée s'il avait été plus court (autrement dit, ne pouvant pas séduire à ce point Antoine). Lautréamont le reprend ainsi :

« Si la morale de Cléopâtre eût été moins courte, la face du monde aurait changé. Son nez n'en serait pas devenu plus long. »

Cléopâtre ? Vous faites allusion au cinéma en Technicolor, à Elizabeth Taylor aux prises avec Richard Burton ? Au couple maudit d'Égypte ?

Non, non, Shakespeare, lui seul. Dès que j'ai lu, très jeune, *Antoine et Cléopâtre* (1606), j'ai cherché Cléopâtre partout. Elle passait dans les jardins de Bordeaux, je la suivais en Espagne et en Italie, je la poursuivais dans les rues de Paris, elle m'échappait toujours, comme l'Égypte elle-même. L'Égypte, ses mystères d'Isis… Ses pyramides, ses tombeaux, ses peintures magiques, ses chambres secrètes, ses ruses, ses philtres, ses drogues, son art sexuel immémorial, ses mariages royaux entre frères et sœurs, sa peau cuivrée, sa culture, ses caprices, son charme. Pas de doute, je suis Antoine, « infatigable luxurieux » à qui « aucune femme n'a jamais dit non ».

Toute femme est une Cléopâtre en puissance. Elle est endormie, il suffit de la réveiller. Regardez bien ce nez, et encore ce nez. La séduction absolue, c'est elle, beaucoup plus que Carmen, Phèdre ou la marquise de Merteuil. Elle vous veut, elle vous trouve, elle vous joue, elle vous retient, elle vous possède, elle vous trahit, elle vous aime, elle meurt si vous mourez, c'est parfait.

Pour sa rencontre avec Antoine, la voici sur le fleuve, dans une barque, assise sur un trône étincelant comme des flammes posées sur l'eau. La poupe du navire est de l'or battu, les voiles parfumées sont de couleur pourpre, les rames d'argent suivent le rythme des flûtes. Laissant voir ses formes, elle est mollement étendue sous un dais de drap d'or mêlé de soie. Jamais un coup de dais n'a été donné dans des circonstances aussi éternelles. Le hasard est aboli : il y a ici mieux que Vénus et mieux qu'Aphrodite. Deux Cupidons, tenant des éventails de toutes les couleurs, la rafraîchissent. Elle est entourée de ses dames de compagnie, des Néréides, des Sirènes, plus gracieuses les unes que les autres, avec des mains plus douces que des fleurs. D'ailleurs, une Sirène tient le gouvernail, pendant qu'un impalpable parfum embaume les rives.

Voici Cléopâtre, acte II, scène V, à la pêche de l'homme choisi :

« Qu'on me donne mes lignes, allons au fleuve,
Mes musiciens joueront à quelque distance, je tromperai
Ces poissons aux écailles sombres, mon hameçon
Transpercera leurs mâchoires visqueuses,
Et en les retirant de l'eau je rêverai
Que chacun d'eux, c'est Antoine, et je m'écrierai :
Ah ah, le voilà pris ! »

Voilà la bonne pêcheuse originelle. La suite est rapide :

« Ah ce jour-là ! Beau jour parmi tant d'autres !
J'avais tellement ri qu'il a perdu patience,
Mais avec d'autres rires, la nuit venue,
Je l'ai apaisé, et au matin,
Avant neuf heures, au lit je l'ai mené ivre,
Et je lui ai mis ma coiffure et je l'ai couvert de ma robe,
En ceignant, moi, son épée, celle de Philippes. »

Ce passage a encore sur moi un effet foudroyant. Il faut quand même que j'avertisse le lecteur ou la lectrice que Philippes (avec un *s*) est une ville de Macédoine aux confins de la Thrace. En 42 av. J.-C., Antoine et Octave y ont vaincu Brutus et Cassius (les assassins de César). Saint Paul y a séjourné en 50 de notre ère, drôle d'enchaînement. Enfin, mon prénom est là, en toutes lettres, *au pluriel*. Je participe à la scène, je suis Antoine féminisé, et Cléopâtre à l'épée.

Ils vont mourir l'un et l'autre après la défaite d'Actium (31 avant J.-C.). Elle a 39 ans, lui 53. Comme elle le trahit, il lui fait, avant de se repentir, des scènes furieuses :

« Vous étiez déjà à moitié flétrie, avant qu'on ne se connaisse… Vous avez toujours été inconstante et fausse… Je vous ai ramassée, comme un peu de viande froide, dans l'écuelle de César mort… À cause de votre luxure, vous pouvez bien rêver ce qu'est être chaste, jamais vous n'en saurez rien… »

Cet Antoine est idiot, il le sait, sa maîtresse est une « *great fairy* », une reine magicienne, une éblouissante sorcière, une enfant irrésistible. Un témoin l'a vue, très jeune, sauter à cloche-pied dans une rue, rester sans souffle, mais, haletante, parler avec grâce, « faisant alors de son insuffisance une perfection ». Elle ne manque jamais d'air, Cléopâtre, elle sait que la meilleure défense est l'attaque, il n'est pas question d'abandonner son Antoine, qu'elle pousse d'ailleurs à la mort pour mourir avec lui dans un suicide indépassable. Ce seront les petits serpents du Nil, cachés dans un panier de figues, dont la morsure mortelle, sans souffrance, a été expérimentée par elle sur des tas de victimes.

Elle est la seule femme au monde, elle défie l'Empire romain, elle lui prend le meilleur de ses généraux (Shakespeare lui-même). Octavie, la femme d'Antoine ? Une veuve, vieille déjà de 30 ans, une naine à la voix sourde et morne (il ne pourra pas l'aimer longtemps), une statue sans vie et sans musique, qui se traîne au lieu de marcher, une idiote au visage trop rond, au front bas couvert de cheveux trop lourds. Pas de voix, pas de musique, pas de mouvement, c'est l'Occidentale absurde, alors que Cléopâtre, elle, est à elle seule tout l'« Orient ». Antoine, en revenant sans cesse vers elle comme à la lumière, l'appelle « mon rossignol ». Que faire contre un rossignol ?

Elle aime son Antoine, et, mort, elle l'aime encore plus :

> « *Son visage était le ciel,*
> *Il y avait en lui un soleil, une lune,*
> *Ils suivaient leur cours,*
> *Ils éclairaient ce o minuscule, la terre.* »

La terre est un « globule », un zéro, un point négatif par rapport aux deux astres de la nuit et du jour. Cléopâtre, au moment de s'appliquer le petit serpent venimeux sur le sein, n'a plus rien d'humain comme Lady Macbeth, mais, à l'inverse de celle-ci, accomplit sa liberté dans une métamorphose :

« Ma décision est prise, et je n'ai plus rien
De féminin en moi. De la tête aux pieds,
Je suis de marbre, je suis immuable, je n'ai plus
L'insaisissable lune pour planète. »

Ça y est : Isis en personne vous parle. Elle va rejoindre son époux humain, trop humain :

« Je viens ! Je suis feu, je suis air,
J'abandonne mes autres éléments
À la simple existence mortelle… »

On peut, dans ce genre de disparition, « se séparer doucement de la nature », ce qui prouve que « l'atteinte de la mort est un aimant qui agrippe et fait mal, mais qu'on désire ».

Elle est donc couchée et paisible. Une de ses suivantes parle :

« Si tu nous quittes ainsi, c'est dire au monde
Qu'il ne vaut pas la peine d'un adieu ! »

Tout cela serait simple, s'il n'y avait pas, dans cette scène étourdissante (j'y suis ! j'y suis ! je sens tout ! je vois tout !), les deux suivantes de Cléopâtre, Iras et Charmian. Cléopâtre, avant de mourir, les embrasse, et leur donne « la dernière chaleur que dispensent ses lèvres ». Et, tout à coup, cette pensée jalouse (qui prouve qu'elle n'est pas de marbre) : supposons qu'Iras, qui vient de se suicider, rencontre dans l'au-delà « Antoine aux belles boucles ». Il la voudra, il la couvrira de baisers (comme dans la vie ?). Être trompée dans la mort ? Pas question. Ordre au serpent, donc :

« Viens donc, être de mort, d'un seul coup de ta dent aiguë,
Tranche le nœud inextricable de la vie.
Pauvre bête, tout en venin, mets-toi en colère,
Dépêche-toi ! Oh, si tu pouvais parler, et que je puisse
T'entendre traiter d'âne le grand César
Qui n'aura rien prévu ! »

Non, non, on ne veut pas que cela finisse. C'est la fin de l'après-midi à Alexandrie, il fait très chaud, comme il fait très chaud, à Venise, quand Othello étrangle Desdémone, et aussi à Londres dans l'encre noire de Shakespeare. Charmian (quel prénom !) vient de s'écrier, à propos de Cléopâtre :

« Étoile du ciel d'Orient ! »

L'autre lui répond :

« Paix, paix !
Ne vois-tu pas mon bébé à mon sein,
Qui tète sa nourrice au point qu'il va l'endormir ? »

Une nourrice de serpents, drôle de lait transformé en sang. Charmian n'en peut plus, elle crie :

« Oh, brise-toi, brise-toi, mon cœur ! »

Et l'autre :

« Antoine, doux comme un baume,
Tendre comme les vents les plus légers ! »

Allons, il y a un autre petit serpent mortel dissimulé dans les figues. Elle le met, non plus sur son sein, mais sur le bras :

« Toi aussi, je te veux !
À quoi bon rester… »

Charmian continue sa phrase :

« Dans ce vil univers ? Soit, adieu !
Et enorgueillis-toi, ô mort, puisque tu tiens
Dans tes bras cette fille que rien n'égale,
Fenêtres voilées de soie, que je vous ferme !
Que des yeux si royaux ne te contemplent plus,
Phébus couronné d'or ! Votre couronne
Est de travers, je vais la redresser. Après,
Je pourrai m'amuser jusqu'à… »

Charmian va s'amuser à mourir. César ne trouvera, comme traces de cette hécatombe (pas de sang, trois femmes endormies), que des traînées de *bave* des serpents dans les figues. Avant de mordre venimeusement des chairs délicieuses, les serpents ont *bavé*. Comme toujours, Shakespeare est cru et précis, comme aucun auteur avant lui. Quant à « Phébus cuirassé d'or », le soleil, c'est évidemment Apollon dans sa royauté surplombante. Cette invocation a son intérêt : avec la mort de Cléopâtre, on arrive aux derniers moments de l'Égypte hellénistique. Les Romains sont là, ils ont déjà trafiqué les dieux grecs, changé et affadi les noms, remplacé Zeus par Jupiter (au secours !) et Athéna par Minerve (mon Dieu !). Seules Isis et Cléopâtre ont compris cette catastrophe. Antoine aussi, déserteur héroïque d'un monde qui aurait pu être tout autre, et qui, du moins, l'a été le temps de cette passion effrénée.

Cléopâtre, étoile d'Orient, étoile des amants, apparaît entre Iras et Charmian, la colère et le charme. Ne comptez pas sur le cinéma pour vous montrer Antoine avec ses trois femmes d'Orient, et ne comptez pas sur lui non plus pour vous donner la moindre idée de la conjonction improbable entre le soleil et la lune, Apollon et Isis. La censure veille partout, et les sorcières de Macbeth sont devenues les vraies prophétesses : désormais, le beau est laid, le laid est beau, le faux est vrai, le vrai est faux. Alors quoi ? Le Diable ?

Les Romains ont vaincu, ils vont bientôt s'effondrer à leur tour, de longs siècles nous séparent encore de la Renaissance, c'est-à-dire du retour des Grecs, c'est-à-dire de l'Italie. Encore quelques siècles, et je retrouve, en catimini, Cléopâtre à Venise. Elle s'est débrouillée, elle a un passeport secret et sûr. Elle trouve que je ressemble à Antoine, on fait vivre cette ville à deux, comme jamais.

Selon les renseignements de Shakespeare (la grande poésie est toujours très bien renseignée), la magicienne s'est aussi appelée Jessica, cette fille ravissante qui a trahi son père, le buté Shylock. Elle lui a volé ses bijoux pour rejoindre un patricien vénitien, qui aime, comme elle, la musique. Scandaleuse Jessica, dont on parle encore (pas assez). Elle aussi est passée dans ma vie, j'entends sa voix, je revois ses yeux verts, son cou, ses bras, son sourire.

Maintenant, c'est le soir, les quais sont de plus en plus lumineux et rouges. Aucun doute, les dieux sont là, les mâts des bateaux flambent. L'amour est présent, se cache, survit. Cléopâtre, désolée de m'abandonner, mais forcée de poursuivre son parcours céleste, me laisse, dans un souffle, son dernier message : « Au revoir, petit chéri ! »

L'anglais appartient à Shakespeare, comme le français à Saint-Simon, ce petit duc dont raffolaient Proust, Stendhal et Céline (« le français est langue royale, il n'y a que foutus baragouins tout autour »).

Proust a beaucoup *étudié* Saint-Simon, il a rêvé de lui ravir l'« esprit Mortemart » pour le transfuser dans celui, décadent, des Guermantes. Il a de grandes réussites, mais plutôt dans le genre populaire. Les joues d'Albertine :

« Blêmes, chaudes et rouges aux pommettes, avec quelque chose d'ardent et de fané comme en ont les filles des faubourgs. »

Et aussi :

« Ce petit bout de museau, ce signe où se résume la personnalité permanente d'une femme, cet extrait algébrique. »

Les sœurs Bloch :

« À la fois trop habillées et à demi nues, l'air languissant, hardi, fastueux et souillon. »

On sent la copie, voici l'original :

« Mme de Castries était un quart de femme, une espèce de biscuit manqué, extrêmement petite, mais bien prise, et aurait passé dans un médiocre anneau : ni derrière, ni gorge, ni menton ; fort laide, l'air toujours en peine et étonné ; avec cela une physionomie qui éclatait d'esprit et qui tenait encore plus parole. Elle savait tout : histoire, philosophie, mathématiques, langues savantes, et jamais il ne paraissait qu'elle sût mieux que parler français ; mais son parler avait une justesse, une énergie, une éloquence, une grâce jusque dans les choses les plus communes, avec ce tour unique qui n'est propre qu'aux Mortemart. Aimable, amusante, gaie, sérieuse, toute à tous, charmante quand elle voulait plaire, plaisante naturellement avec la dernière finesse, sans le vouloir être, et assenant aussi les ridicules à ne les jamais oublier ; glorieuse, choquée de mille choses avec un ton plaintif qui emportait la pièce, cruellement méchante quand il lui plaisait, et fort bonne amie, polie, gracieuse, obligeante en général, sans aucune galanterie, mais délicate sur l'esprit et amoureuse de l'esprit où elle le trouvait à son gré. Avec cela, un talent de raconter qui charmait, et, quand elle voulait faire un roman sur-le-champ, une source de production, de variété et d'agrément qui étonnait. Avec sa gloire, elle se croyait bien mariée, par l'amitié qu'elle eut pour son mari ; elle l'étendit sur tout ce qui lui appartenait, et elle était aussi glorieuse pour lui que pour elle. Elle en recevait le réciproque, et toutes sortes d'égards et de respects. »

Dommage que Mme de Castries n'ait pas été jolie, mais enfin, tout se paye, et je me tais ici de respect. J'aime l'expression « roman sur-le-champ ». C'est ce qu'il faudrait faire.

Saint-Simon dit aussi que Mme de Montespan parlait parfois « extrêmement français », ce qui veut dire avec autorité.

Le français est-il devenu une langue morte ? Tout le monde le prétend plus ou moins, ce qui peut signifier qu'il n'y aurait plus d'autre autorité que celle, muette, des marchés financiers. Mais non, je suis vivant, et tous ces portraits de femmes respirent.

Allez donc maintenant, très tôt le matin, place de la Concorde. Vous entendrez peut-être des cris d'une très jolie femme qu'on s'apprête à guillotiner. « Elle criait tellement, raconte le bourreau, qu'on l'entendait de l'autre côté de la Seine. » Elle ne veut pas mourir, elle se débat, on n'arrive pas à la « boucler », on ne va quand même pas y passer toute la journée. A-t-elle vraiment dit « Encore un moment, monsieur le bourreau » ? On n'en est pas sûr, mais c'est bien d'elle. Elle vient d'avoir 50 ans, elle est encore charmante, elle a été la maîtresse de Louis XV à l'âge de 26 ans, c'est la comtesse Du Barry, que vous pouvez admirer, à 38 ans, dans un superbe portrait fait par son amie, Élisabeth Vigée-Lebrun.

Quelle beauté ! Quelle insolence ! Quelle allure ! Il est difficile d'imaginer que sa tête va bientôt tomber dans la sciure. Il le faut, pourtant. Elle s'appelle Jeanne, elle a du goût, elle protège les lettres et les arts, elle envoie, par la poste, deux baisers à un homme qu'elle admire particulièrement, Voltaire. Celui-ci, vieux et malade, lui répond par retour du courrier :

> *« Quoi, deux baisers sur la fin de la vie !*
> *Quel passeport vous daignez m'envoyer !*
> *Deux, c'est trop d'un, adorable Égérie,*
> *Je serai mort de plaisir au premier. »*

Vous verrez aussi, peut-être, passer Manon, 39 ans, l'amie des Girondins, oui, Manon Roland, qu'adorait Stendhal. Elle ne bronche pas, elle console, dans la charrette, un des condamnés qui craque, elle ne veut pas qu'il la voie mourir, *elle lui cède la place* (c'est probablement son amant), elle y passera ensuite. Le bourreau n'est pas content, ça dérange le protocole. Enfin, voyons, il ne peut quand même pas résister, lui dit-elle, à « la dernière volonté d'une femme ». Soit, on la raccourcira en dernière position (ici, on a compris que les Girondins sont mes amis). Manon a-t-elle crié, avant de monter au supplice : « Liberté, que de crimes on commet en ton nom ! » ? C'est bien d'elle, et il suffit, pour s'en convaincre, de lire les minutes de son procès. Délicieuse Manon, vive, spirituelle, cultivée, courageuse, tendre. Voilà, elle ne parle plus, elle paye ses mauvaises fréquentations.

Jeanne, Manon, Charlotte : trois Grâces. Charlotte, maintenant, la divine meurtrière de Marat, avec son couteau de cuisine, acheté le matin même, qu'elle enfonce dans la poitrine de l'Ami du peuple, dans sa baignoire. Charlotte de Corday d'Armont a pris rendez-vous avec le dénonciateur public pour lui fournir une liste de conjurés girondins à faire exécuter d'urgence. Elle est là, au contraire, pour venger ses amis, et saigner l'amateur de sang, prophète de la Terreur. Elle a 25 ans, toute sa tête (pas pour longtemps), sa main ne tremble pas. L'autre est très flatté de recevoir dans son bain une jeune et belle aristocrate *dénonciatrice*, il va hurler quelques secondes, tandis qu'elle ne manifestera ni regret ni peur en montant à l'échafaud.

Le marquis de Sade, secrètement admiratif, prononcera contre elle un discours célèbre à la « Section des piques », en la qualifiant de « monstre sorti de l'enfer » (c'est un spécialiste qui parle). Sade, lui-même condamné à mort pour « girondinisme », sera sauvé, au dernier moment, par sa maîtresse d'alors, qu'il appelle « Sensible », beau surnom pour une femme de cœur.

Jeanne, Manon, Charlotte : je préfère oublier Marie-Antoinette, guillotinée au même endroit, puisqu'elle détestait la comtesse Du Barry.

Pensez quand même un instant, en passant devant l'obélisque de Louxor, en érection place de la Concorde, ex-place Louis XV, à toutes ces femmes sacrifiées à l'Histoire. Et n'oubliez pas Cléopâtre, ni les serpents du Nil.

DU MÊME AUTEUR

Aux Éditions Gallimard

FEMMES, *roman*, 1983 (Folio n° 1620).

PORTRAIT DU JOUEUR, *roman*, 1985 (Folio n° 1786).

THÉORIE DES EXCEPTIONS, 1986 (Folio Essais n° 28).

PARADIS II, *roman*, 1986 (Folio n° 2759).

RODIN. Dessins érotiques, 1986 (« Livres d'art »).

LE CŒUR ABSOLU, *roman*, 1987 (Folio n° 2013).

LES SURPRISES DE FRAGONARD, 1987 (« L'Art et l'Écrivain »).

LES FOLIES FRANÇAISES, *roman*, 1988 (Folio n° 2201).

LE LYS D'OR, *roman*, 1989 (Folio n° 2279).

LA FÊTE À VENISE, *roman*, 1991 (Folio n° 2463).

IMPROVISATIONS, *essai*, 1991 (Folio Essais n° 165).

LE RIRE DE ROME. Entretiens avec Frans De Haes, 1992 (« L'Infini »).

LE SECRET, *roman*, 1993 (Folio n° 2687).

LA GUERRE DU GOÛT, *essai*, 1994 (Folio n° 2880).

LE PARADIS DE CÉZANNE, 1995 (« L'Art et l'Écrivain »).

SADE CONTRE L'ÊTRE SUPRÊME *précédé de* SADE DANS LE TEMPS (Quai Voltaire, 1989), 1996 (Folio n° 5841).

LES PASSIONS DE FRANCIS BACON, 1996 (« Monographies »).

STUDIO, *roman*, 1997 (Folio n° 3168).

LA PAROLE DE RIMBAUD, 1999 (« À voix haute », CD audio).

PASSION FIXE, *roman*, 2000 (Folio n° 3566).

ÉLOGE DE L'INFINI, *essai*, 2001 (Folio n° 3806).

LIBERTÉ DU XVIIIème, *roman*, 2002 (Folio 2 € n° 3756).

L'ÉTOILE DES AMANTS, *roman*, 2002 (Folio n° 4120).

POKER. Entretiens avec la revue *Ligne de risque*, 2005 (« L'Infini »).

UNE VIE DIVINE, *roman*, 2006 (Folio n° 4533).

LES VOYAGEURS DU TEMPS, *roman*, 2009 (Folio n° 5182).

DISCOURS PARFAIT, *essai*, 2010 (Folio n° 5344).

TRÉSOR D'AMOUR, *roman*, 2011 (Folio n° 5485).

L'ÉCLAIRCIE, *roman*, 2012 (Folio n° 5605).

FUGUES, *essai*, 2012 (Folio n° 5697).

MÉDIUM, *roman*, 2014.

Aux Éditions Flammarion

PORTRAITS DE FEMMES, 2013 (Folio n° 5842).

Aux Éditions du Seuil

UNE CURIEUSE SOLITUDE, *roman*, 1958 (Points-romans n° 185).

LE PARC, *roman*, 1961 (Points-romans n° 28).

L'INTERMÉDIAIRE, *essai*, 1963.

DRAME, *roman*, 1965 (L'Imaginaire n° 227).

NOMBRES, *roman*, 1968 (L'Imaginaire n° 425).

LOGIQUES, *essai*, 1968.

L'ÉCRITURE ET L'EXPÉRIENCE DES LIMITES, *essai*, 1968 (Points n° 24).

SUR LE MATÉRIALISME, *essai*, 1971.

LOIS, *roman*, 1972 (L'Imaginaire n° 431).

H, *roman*, 1973 (L'Imaginaire n° 441).

PARADIS, *roman*, 1981 (Points-romans n° 690).

L'ANNÉE DU TIGRE, *journal*, 1999 (Points n° 705).

Aux Éditions Grasset

VISION À NEW YORK, *entretiens avec David Hayman* (Figures, 1981 ; Médiations/Denoël ; Folio n° 3133).

Aux Éditions 1900

PHOTOS LICENCIEUSES DE LA BELLE ÉPOQUE, 1987.

Aux Éditions de La Différence

DE KOONING, VITE, *essai*, 1988.

Aux Éditions Plon

CARNET DE NUIT, *essai*, 1989 (Folio nº 4462).

LE CAVALIER DU LOUVRE : VIVANT DENON, 1747-1825, *essai*, 1995 (Folio nº 2938).

CASANOVA L'ADMIRABLE, *essai*, 1998 (Folio nº 3318).

MYSTÉRIEUX MOZART, *essai*, 2001 (Folio nº 3845).

DICTIONNAIRE AMOUREUX DE VENISE, 2004.

UN VRAI ROMAN, MÉMOIRES, 2007 (Folio nº 4874).

Aux Éditions Lattès

VENISE ÉTERNELLE, 1993.

Aux Éditions Cercle d'Art

PICASSO LE HÉROS, *essai*, 1996.

Aux Éditions Mille et Une Nuits

UN AMOUR AMÉRICAIN, *nouvelle*, 1999.

Aux Éditions Desclée de Brouwer

LA DIVINE COMÉDIE, *entretiens avec Benoît Chantre*, 2000 (Folio nº 3747).

VERS LE PARADIS : DANTE AU COLLÈGE DES BERNARDINS, *essai*, 2010.

Aux Éditions Stock

L'ŒIL DE PROUST. Les dessins de Marcel Proust, 2000.

Aux Éditions Calmann-Lévy

VOIR ÉCRIRE, *entretiens avec Christian de Portzamparc*, 2003 (Folio nº 4293).

—

Aux Éditions Robert Laffont

ILLUMINATIONS, *essai*, 2003 (Folio nº 4189).

Aux Éditions Verdier

LE SAINT-ÂNE, *essai*, 2004.

Au Cherche Midi Éditeur

L'ÉVANGILE DE NIETZSCHE, *entretiens avec Vincent Roy*, 2006 (Folio nº 4804).

GRAND BEAU TEMPS, 2009.

Aux Éditions Hermann

FLEURS. Le grand roman de l'érotisme floral, 2006.

Aux Éditions Carnets Nord

GUERRES SECRÈTES, 2007 (Folio nº 4995).

Aux Éditions Écriture

CÉLINE, 2009.

Préfaces

Paul Morand, NEW YORK, *GF Flammarion.*

Madame de Sévigné, LETTRES, *Éditions Scala.*

FEMMES MYTHOLOGIES, en collaboration avec Erich Lessing, *Imprimerie nationale.*

D.A.F. de Sade, ANNE-PROSPÈRE DE LAUNAY : L'AMOUR DE SADE, *Gallimard.*

Mirabeau, LE RIDEAU LEVÉ OU L'ÉDUCATION DE LAURE, *Jean-Claude Gawsewitch Éditeur.*

Willy Ronis, NUES, *Terre bleue.*

Louis-Ferdinand Céline, LETTRES À LA N.R.F., *Gallimard* (Folio nº 5256).

Composition : IGS-CP à L'Isle-d'Espagnac (16)
Achevé d'imprimer par Novoprint,
le 15 septembre 2014
Dépôt légal : septembre 2014

ISBN : 978-2-07-045971-1/Imprimé en Espagne

269954